우리가 참 아끼던 사람

우리가 참 아끼던 사람

소설가
박완서
대담집

故 박완서 선생
1931-2011

하나된 마음으로
5주기에 바칩니다.

대담집을 펴내며

미처 물어보지 못한 물음들

저는 어머니의 가장 가까운 딸이었지만 어머니와 길게 이야기를 나눈 적이 없고 무언가를 캐물어본 적도 없습니다.

여러 분들이 오랜 시간에 걸쳐 어머니와 만나 인터뷰한 글들을 읽고 또 읽으며, 행간 너머에 무슨 비밀이 숨어 있지는 않을까 깊은 서랍을 뒤지는 것 같은 느낌이었습니다. 거듭되어 다 알고 있는 이야기가 나와도 그 속에 무슨 메시지가 숨어 있을지 몰라 긴장을 하곤 했습니다.

1980년 보문동에서의 김승희 선생님의 인터뷰 글부터 돌아가시기 전해인 2010년 박혜경 선생님과의 대담 기록까지 30년 가까운 시간의 흐름, 그리고 돌아가신 지 5년이 지났는데도 어머니의 목소리는 변화하면서도 변함이 없었습니다.

인터뷰를 하는 상대방과 시대에 따라 달라지면서도 절묘한 균형감각으로 변함없음을 유지하고 있었습니다. 저의 부족한 표현으로는 이렇게밖에 말할 수가 없습니다.

변함없이 변화하는. 변화하면서 변함없는.

변함이 없었지만 지루하지 않았고, 끊임없이 변화했지만 요란하지 않았습니다. 깊은 강이 흐르는 것처럼.

나는 이번 대담집에 어머니 이름의 약자로 쓰인 ㅂ자를 자꾸 들여다 보았습니다. ㅁ자에 두 팔이 달려 하늘로 향하고 있는 ㅂ자. 그 팔은 미래로 향한 것 같기도 하고 한없이 자유로운 세계이기도 한 것 같아 보입니다. ㅁ은 땅인 것 같기도 하고 집인 것 같기도 합니다. ㅂ은 빈 그릇 같기도 하고 책꽂이 같기도 합니다. 어머니는 땅에 몸을 붙이고 손에 흙을 묻혔지만 눈빛은 늘 미래와 변화에 관한 예지력을 갖고 있었습니다.

30년이라는 시간을 두고 대담한 글들을 모아 한 권의 책을 낼 수 있도록 허락해주시고 다시 손보아주신 필자분들께 존경과 깊은 감사를 드립니다.

"나는 이웃들의 삶 속에 존재의 혁명을 일으키고 싶기 때문입니다."
"『미망』에서 좋은 의미의 자본주의에 대해 써보고 싶었습니다."

어록이 되어버린 어머니 말씀은 더욱 되새기고 싶습니다.

"선생님을 뵈면 아직도 부끄럽다. 흐리멍덩했던 정신이 환해진다."

"당신 이름이 두르고 있는 어떤 권위에도 휘둘리지 않고 선생님은 그저 걷고 계신다."

어머니가 진정으로 그리워 거듭 꺼내어 보게 됩니다.

이 아름다운 대담집을 5주기에 헌정할 수 있게 해주신 달 출판사의 이병률 대표님과 정성을 기울여 편집해준 김지향 에디터에게 감사를 전합니다.

2016년 1월

구리 아치울 노란 집에서

호원숙

일러두기

1. 대담은 시간의 순서에 따라 수록하였다.
2. 대담자의 요청에 따라 원문을 일부 수정하였다.
3. 2016년 현재 표준어 규정을 따랐다.
4. 한자는 한글로 바꾸어 적었다.
5. 각 대담자의 직함은 이 책의 출간 시점을 기준으로 표기한 것이다.

차례

ㅂ

사람다움을 위한 '다정한 회초리'

김승희

작가, 서강대학교 국어국문학과 교수

'한물간' 동네와 그 동네의 소설가

보문동은 아무래도 '한물간' 동네가 아닐까, 나는 생각한다. '한물간'이란 표현은 물론 나의 독창적 표현은 아니고 지금 내가 만나러 가는 박완서 여사의 어느 산문 중에서 문득 떠오른 구절이다. 그녀는 '내 작품의 주인공은 발랄한 여대생보다는 흔히 한물간 여자, 즉 가정에 파묻혀 살며 평범하게 찌든 여편네'라고 아주 유머러스하고도 통쾌하게 천명한 적이 있는데 내가 신설동 로터리에서 버스를 내려 보문동 어귀로 들어서자 문득 그런 느낌이 와 닿았던 것이다.

아주 '평균치의 한국인'들이 살고 있는 듯한 재래식 한옥들의 골목을 지나치며 나는 문득 '아 보문동이란 한물간 동네로구나. 세월과 비바람의 체험 속에서 평범하게 찌든 동네로구나' 하는 생각을 했다. 그리고 위의 작가 자신의 발언과 관련하여 어쩌면 '보문동'이란 지역성과 박완서 여사의 작품세계가 무관하지는 않으리라는 느낌이 들었다. 가령 칼 샌드버그가 미국의 가장 남성적 대도시 시카고를 대변하고, 조이스의 음울한 시선이 지저분한 아일랜드의 더블린 시가를 보여주고, 장 콕토의 미학적 천재가 몽마르트르 구역의 불멸한 예술성을 반영해주듯이…….
그리하여 나는 연륜과 살림때가 짭짤하게 밴 보문동의 한옥 골목 속을 접어들면서 마치 박완서 여사의 작품 속으로 걸어들어가고 있는 듯한 착각에 빠졌던 것이다.

보문동 6가 427번지. 박완서 여사의 집도 역시 한옥이었고, 역시 삐걱거리는 나무대문을 밀고 들어가게 되어 있었다. 크고 육중한 목조대문을 밀고 들어서자 가옥구조가 온 집 안을 환히 보여주었는데 역시 나의 느낌대로 온 집 안은 알뜰한 주부의 손길이 자상하게 닿은 듯 말끔하고 정갈스러워 보였다. 박완서 여사는 반갑게 나를 맞아주며 손수 커피포트와 찻잔, 커피병과 설탕과 크림통을 날라왔다. 나는 어쩐지 그런 대접을 받는 게 황송해서 "언제나 선생님께서 손수 일을 하시나요?" 하고 물었다.

"그럼요. 집에 일하는 사람을 두지 않고 있어요. 그러니 아이들이 도와주든가 아니면 내가 직접 할 수밖에 없죠, 뭐……" 하며 활짝 웃는다. 웃는 이빨이 몹시 싱그럽고 곱다.

"어휴, 작품을 그렇게 많이 쓰시면서 어떻게 집안일까지 감당하세요?" 하고 게으른 나로서는 순간 존경의 마음에 넘쳐 묻자 그녀는 예의 그 '문학이 뭐 별건가요?' 하는 시선으로 "그러니까 충분히는 물론 못해요. 그러나 최소한도는 하려고 노력하고 있어요. 최소한도의 집안일을 하는 것도 싫어하는 사람이 있는데, 나는 게으르려면 무지무지 게으른 성격이기 때문에, 최소한도의 집안일이라도 해야만 문학적 노동력도 생기는 것 같아요. 그리고 나는 종교가 없지만 최소한도의 일을 식구들을 위해 한다는 게 종교가 인간에게 줄 수 있는 궁극적인 것, 정신건강을 위하는 것이라고나 할까…… 그런 것을 주는 것 같아요. 나는 일하는 동안 정신이 맑아져요. 집안일을 안 하고 엎어져서 글만 쓴다는 것은 나 자신이 타락해지는 것 같고 어쩐지 퇴폐적으로 되는 것 같아서 나 자신에게 허용 안 합니다"라고 말했다.

시몬느 드 보부아르는 '가사와 육아는 여성의 덫'이라고 말하며 그것으로부터 해방되어야만 여성이 인간으로서 살아갈 수 있다고 주장했는데…… 오, 그렇다면 그것은 지나친 관념적 허영이 아니겠는가…….
게으른 나는 더욱 존경심에 넘쳐 거듭 차를 마시는 그녀를 조심스럽게 건너다보았다.

부끄러움과 오기의 역학

선생님은 사십이라는 원숙한 나이로 문단에 데뷔하셔서 그동안 왕성한 작품활동을 해오셨고 특히 작년에는 장편 『휘청거리는 오후』, 중편 『창 밖은 봄』, 수필집 『꼴찌에게 보내는 갈채』 『혼자 부르는 합창』 등을 출간하셔서 확고한 작가적 위치를 굳히신 것 같습니다. 사십이라는 나이로 데뷔한다는 것은 상당히 특이한 것인데, 물론 선생님의 발언 '문단 지각생이란 있을 수 없다'는 것이 생각나지 않는 건 아니지만, 그 당시의 이야기를 좀 해주시겠어요?

ㅂ　나는 6·25때, 그러니까 나이 스물셋에 결혼을 했는데 아이들을 2년마다 한 명씩 다섯 명을 낳았어요. 그러니까 출산이 33세 때 끝난 셈인데 그동안 아기 기르는 감옥생활을 했고 막내가 국민학교에 들어가자 자연스럽게 '이젠 뭘 좀 해야지' 하고 있는데 나이 사십이 되더군요. 그때 우연히 『여성동아』에서 장편을 모집한다는 광고를 보게 되었고 그래서 돌발적으로 『나목』을 썼어요. 처음엔 논픽션으로 쓰기 시작했는데 그 화가에 대한 자세한 자료가 없어서 소설로 바꿔서 썼죠. 『나목』이 당선되고 나서도 작가가 되었다는 실감이랄까 하는 것을 별로 나는 못 느꼈어요. 작가가 그렇게 빨리 되는 건 아니라는 생각도 있었고, 청탁도 별로 들어오지 않고 했는데…… 그러니까 청탁이 들어오면 감사해서 열심히 쓰곤 했지요……. 그러다가 보니까 책도 몇 권 나오게 되고 연재도 맡고…… 우연히 그렇게 되었어요.

선생님의 생애를 대략 살펴보면 일제치하에 태어나셔서 해방과 6·25 동란을 치르시고, 휴전과 4·19혁명, 5·16을 거쳐 최근의 근대화된 1970년대에 이르기까지, 말하자면 우리 역사의 가장 아픈 격동기를 거쳐오신 것 같습니다. 그래서인지 선생님 작품 속의 인물들도 전쟁의 상처, 분단의 상처, 또한 근대화의 상처까지 안고 나타나는 것을 볼 수 있지요.

ㅂ　정말 그래요. 우리 세대의 사람들은 못 볼 것 볼 것 다 보고 살아남은 사람이에요. 나는 고향 개성에서 8세 때 서울로 올라와 학

교를 다녔는데, 숙명여학교 2학년 때 해방을 맞았지요. 마침 해방은 개성에서 겪었는데 해방의 환희가 채 사라지기도 전에 소련군이 진군해서 우리는 미군이 있는 데로 가려고 부지불식간에 걸어서 내려왔지요. 처참한 것도 많이 보고 끔찍한 고비도 수없이 넘겼어요. '이십대에 코뮤니스트가 아니면 하트가 없다'는 말 따라 오빠는 코뮤니스트였는데 막상 전쟁의 참상을 겪더니 모든 인텔리들이 그렇듯이 코뮤니즘에 회의를 느껴 사상적 방황을 시작했어요. 그러다가 의용군으로 끌려나가더니 9·28 때 도망쳐서 거지가 되어 집으로 돌아왔더군요. 그런데 피해망상증과 공포로 정신이 완전히 망가진 것 같았어요(육체도 허물어졌지만). 그러다가 참으로 어처구니없게도 오발사고로 총상을 입고 세상을 떠났지요. 나는 아버지가 일찍부터 안 계셨기 때문에 단 한 혈육인 오빠에게 많이 의지하고 살았는데, 아, 참으로 끔찍했어요. 오빠의 생각들로 지금도 가위눌리고, 하도 악몽을 꾸니까, '써버리면 악몽으로부터 자유로워지겠지' 하고 좀 써버리려고 해도 너무 가까운 사람이어서인지 잘 써지지가 않아요. 『나목』의 오빠도 아니고, 『부처님 근처』의 오빠와 비슷은 한데…….

선생님의 젊은 시절을 파괴한 전쟁, 혹은 시대에 대해서 증오심 같은 것을 느끼지는 않으셨나요?

ㅂ 아니요, 암담하거나 절망적인 일도 많았지만 가령 삶의 재미 같은 게 완전히 없지는 않았으니까요. 그때 좋은 사람도 많이 만났

고, 극한 상황 속에서만 적나라하게 드러나는 인간 심리의 생생한 변화 같은 것도 많이 체험했어요. 쓰지 않고 '그냥 살았던' 시기가 있었다는 것을 나는 늘 감사하게 생각합니다. 그때는 고통이었지만 지금은 그 체험들이 나의 밑천이니까. 그리고 내가 겪은 4·19를 이야기해보자면 그 당시에 나는 '이화장' 근처 충신동에 살고 있었어요. 대통령이 하야성명을 한 후 물밀듯이 청년들이 범람하는 환호 속을 나도 애기 아빠와 같이 벅찬 감동을 느끼며 걸어다녔어요. 왜 그리 벅찬 감동이 들었는지. 그랬는데 며칠 후 대통령이 하야하고 이화장으로 돌아올 때 보니까 노인들이 땅을 치며 막 울더군요. 난 그때 맥이 탁 빠지는 것 같았어요. 우리나라 국민성과 나는 아무래도 안 맞는 것 같아요. 너무 센티하고, 용서는 하되 결코 잊어버리지는 않아야 하는 건데 말이에요. 그때, 나는 '아아, 이 혁명은 글러먹었구나……' 하는 슬픈 생각을 했어요.

'아무래도 난 우리나라 국민성과 안 맞는 것 같아요'라는 그녀의 말 속에서 나는 문득 그녀의 귀중한 정신 가치로 표상되고 있는 '부끄러움'과 '오기'라는 두 단어에 생각이 머물렀다. 「부끄러움을 가르칩니다」라는 단편 속에서 주인공은 '저 여러분, 이 근처부터 소매치기에 주의하십시오'라고 일본 관광객들에게 말하는 한국인 안내원 여자의 말을 듣고 '전신이 마비되었던 환자가 어떤 신비한 자극에 의해 감각이 되돌아오는' 것처럼 부끄러움의 통증을 느끼고, 자랑을 느낀다. 그러고는 "나는 각종 학원의 아크릴 간판의 밀림 사이에 '부끄러움을 가르칩니다'라는 깃발을

펄러덩펄러덩 훨훨 휘날리고 싶다. 아니, 굳이 깃발이 아니라도 좋다. 조그만 손수건이라도 팔랑팔랑 날려야 할 것 같다. 아아, 꼭 그래야 할 것 같다. 모처럼 돌아온 내 부끄러움이 나만의 것이어서는 안 될 것 같다"라고 말한다. 그리고 수필집 『꼴찌에게 보내는 갈채』 속에서 '억눌리고 약한 자가 스스로의 긍지를 지키기 위한 최소한의 몸짓으로 가지는 오기' 만은 스스로 꺾어서는 안 되리라는 의견을 말하고 있다. 정말 이 시대는 얼마나 부끄러움을 잊어버린 채 살고 있을까. 정치적 스캔들, 사회적 스캔들. 그리고 국가와 국가 사이에, 사회와 개인 사이에, 더욱 개인과 개인 사이에도 부끄러움은 몰각되고 파렴치가 판을 친다. 부끄러움이 없는 시대, 그것은 곧 파렴치의 시대다.

그리고 단편 「조그만 체험기」 속에는 사람답게 살려는 모든 노력과 사람으로서의 긍지를 포기해야만 살아남을 수 있는 이런 고장에서 인간의 존엄성과 위엄을 최소한도나마 지켜보려는 한 개인의 오기가 얼마나 무참히 꺾어져야 하는가를 아주 실감 있게 그려놓고 있다. '오기'와 '부끄러움'을 잃은 인간들은 스스로 '구더기'가 되어 조용히 몰락하고 마는 것이다.

저들의 삶 속에 존재의 혁명을

선생님 소설의 인물들 중에서 긍정적으로 그려지는 인물은 아직도 '부끄러움과 오기'를 지니고 그것 때문에 상처 입고 괴로워하는 사람들인 것 같은데요…….

ㅂ 그래요. 현대처럼 정신적 가치가 붕괴되고 믿을 만한 질서와 규범의 밑받침이 없는 사회에서 살려면 많이 타협해야 하는데 '마지막 사람다움'을 짓밟는 힘에 대해서는 '오기'를 부려야 할 것 같아요. 이러한 사회 속에서의 이상형은 '수치를 알고도 당당한 사람, 즉 부끄러움과 오기를 다 갖춘 사람'이라고 나는 생각합니다. 그러나 내가 생각해도 부끄러운 것은 아직도 그런 이상형을 못 그렸다는 것이에요. 그렇게 돼보려고 의지하고 갈등하는 사람은 그렸어도 그런 이상형을 못 그린 것은 나 자신이 지탄받아 마땅하다고 부끄러워하고 있어요. 그러나 그 이유는 아마도 그런 이상적인 인물을 주위에서 전혀 찾아볼 수 없었다는 그것이 아닐지요.

『휘청거리는 오후』에 대해 선생님은 '실상 내가 독자에게 관심 있게 봐주기를 바란 것은 누가 행복하게 되고 불행하게 됐나보다는, 어떠어떠한 것들이 허성씨가許成氏家의 조용한 몰락에 작용했나 하는 것이다. 부자도 가난뱅이도 아닌 보통으로 사는 사람의 생활과 양심의 몰락을 통해 우리가 사는 시대의 정직한 단면을 보여주고자 했을 뿐이다'라고 쓰셨습니다. 그런데 자본주의 사회 속에서는 가진 자의 권력과 못 가진 자의 우울함, 그리고 배금주의와 물질주의에 대한 인간들의 욕망은 필연적인 것 아니겠어요? 허성씨는 왜 반드시 자살로 끝장을 내야만 했을까요? 허성씨와 같은 선량하고 힘없는, 좀 괜찮게 사는 소시민들이 도덕적으로 양심적으로 몰락하지 않는 방법은 전혀 없을까요?

ㅂ 허성씨의 죽음에 대해 "이 정도로 죽는 사람은 아마 허성씨가 마

지막일 겁니다"라고 나는 말한 적이 있습니다. 그리고 허성씨와 같은 사람이 몰락하지 않고 행복하게 살 수 있는 방법은 없겠느냐고 물으셨는데 이 질문은 바로 내가 나 자신에게, 우리 이웃들에게 던지고 있는 질문 바로 그것입니다. 자본주의 사회의 말단에 붙어서 어떻든지 잘 사는 것이 누구나의 목적인데 나 자신은 이런 질문을 그들에게 던지고 있는 것입니다. 왜냐하면 나는 이웃들의 삶 속에 존재의 혁명을 일으키고 싶기 때문입니다. 현실에 무사태평하게 안주하는 태도는 절대로 안 된다고 끊임없이 찔러주고 싶습니다. 그러나 소설은 수신교과서가 아니니까 이런 길로 가라, 이것이 열쇠다라든지, 하여튼 이래라저래라 할 수는 없을 것 같아요. 단지 독자들로 하여금 고민하게 하는 것밖에는요. 고민한다는 자체가 인간다워졌다는 것 아니겠어요? 고민 자체가 몹시 중요한 것 아닐까요?

그동안 우리는 거듭 커피를 몇 잔이나 마셨는지 몰랐다. 나는 블랙커피를, 박완서 여사는 프림을 많이 넣은 커피를 끊임없이 마셨는데 갑자기 그녀가 "동창들을 만나면 커피는 몸에 해롭다고 자꾸만 인삼차니 구기차니 하는 동양차들을 권해요. 그러나 주착없이 오래 살기만 하면 뭘 해요. 마시고 싶은 차까지 참으면서……"라고 말해서 나도 거기에 전적으로 동의하고 우리는 큰 소리로 함께 웃었다.

이러한 친화력 있는 순간을 틈타서 나는 '선생님의 성격은 어떤 성격인가' 하고 물었다. 그녀는 '그냥 평온한 성격'이라고 무표정하게 대답했는데 나는 오히려 그 평온한 무표정 뒤에서 '적의와 그리움이 싱싱하게 갈등하는 얼굴' '결단코 평온하지 않고 오히려 그 평온함에 강렬한 반란을 일으키는' 일단의 모습을 엿보았던 것이다. 가령 연약하기 짝이 없는 보통 엄마들의 모습 속에 그토록 강인하고 그토록 남성적인 창조적 힘을 그녀가 가지고 있는 것처럼.

구치소 주변은 나도 내 나름의 이유가 있어서 자주 드나들었고, 그 추악한 비리非理와 부조리에 분통 터져 하고 있었는데 박완서 여사의 생생한 폭로를 통해 한 가닥 시원스러움을 느꼈다고 나는 말하고 '어떻게 그렇게 구체적으로 잘 아시는지'를 물었더니 '나도 체험할 기회가 있었다'는 대답이 왔다. "작품 속에 사용한 현장이 구치소 주변과 검찰청이었다고는 해도 그것들은 단지 그 작품의 현장일 뿐 사실은 그것들을 통해 나는 우리 사회의 전체적인 삶의 구조에 대해 이야기했던 것인데…… 사람들은 그 패러블을 이해하지 못하는 것 같아요"라고 말했다.

『휘청거리는 오후』에서 말희의 미국 이민행, 「세상에서 제일 무거운 틀니」에서 물빛 항아리만을 그리던 설희 아빠의 미국 이민행, 그리고 「조그만 체험기」에서도 미국 이민행이 나오는데 그것은 무엇을 의미하는 것이냐고 묻자 "국수주의나 애국주의에서 번번이 이민을 매도하는 경우가 있는데 나는 이민을 여러 번이나 작품 속에서 썼어요. 반드시 긍정적으로 썼다고야 볼 수 없지만, '거기 가면 원리원칙대로 순조롭게 잘 이루어져서 돌아올 생각이 없더라'고 말하는 사람들의 이야기는 심각하게 생각해볼 필요가 있는 것 같아요"라고 대답했다. 이야기는 『문학사상』에 연재되고 있는 『도시의 흉년』으로 돌아갔다.

정신적 '흉년'의 인간 유형들

주인공 수연의 집을 통해 선생님께서 말씀하고자 하는 것은 무엇인가요?

ㅂ 수연네 집뿐만이 아니라 경화네 집, 사법고시에 패스한 서재호를 통해서까지 나는 말하고 있습니다. 우리가 6·25를 겪고 사회의 근대화 과정을 거쳐오는 동안 우리는 강렬한 어떤 가치에 대해 눈떴는데 그것은 돈의 가치에 대한 것입니다. 그 이전엔 양반의 가치가 사회를 지배했었다고나 할까요. 수연네 집은 6·25 전까지만 해도 끼니가 없을 정도로 가난했는데 사변통에 심지어 양갈보 치기까지 해서 돈을 아득바득 모은 집이잖습니까? 그런데 수연네 집을 그 집안인 동시에 우리 사회의 대표적인 유형으로 나는 제시했습니다. 정신적 기반은 전혀 없고, 자기들이 가난했기 때문에 자식들만은 있는 돈을 다 써서라도 어떻게 길러보려고 하는데, 정신적 불모성 때문에 올바른 애정이 불가능한…… 그래서 바로 '흉년'인 거지요. 내가 거기에서 궁극적으로 이야기하려 하는 것은 사랑에 대한 능력은 본능이냐? 혹은 자식을 길러가면서 개발시켜주어야 하는 것이냐? 하는 겁니다. 나는 사랑은 개발되는 것이라고 생각하는데 지금 뭔가 잘못 가르치고 있는 것은 '사랑하는 방법'을 개발해주지 못한다는 데 있는 것 같습니다. 사랑의 능력을 개발 받지 못한 아이들이 어떻게 자라며 어떻게 사랑하다가 어떻게 비극 속에 빠지게 되는가 하는 것을 『도

시의 흉년』 속에 그려보고 싶었습니다. 수연이도 벌써 뭘 많이 겪었잖아요? 훨씬 순조롭고 행복하게 살 수 있는 것을 지금 배우고 있는 거예요.

나는 '고독은 거대한 현실, 사랑은 거대한 필수. 사랑이란 하나의 특수한 학문이다'라고 썼던 사랑의 탐구자 카슨 매컬러스가 생각났다. 그녀는 아주 사랑스러운 짧은 단편 「나무, 바위, 구름」 속에서 한 실연한 남자의 입을 통해 소년에게 묻는다.

"얘야. 너는 사랑이 어떻게 시작되어야 하는지 아니?"

그리고 남자는 스스로 '나무, 바위, 구름……' 하고 되뇐다. 우리의 현실 속에서 이러한 사랑은 너무나 시적인 것일까? 끝으로 나는 약간 불필요한 질문을 했다. '여류 작가이기 때문에 가지는 한계 같은 것을 혹시 느껴본 일이 있는가' 하고.

ㅂ　아직까진 소재가 궁하다거나 하는 것을 느껴보지 못했어요. 역사의 격동 속을 헤쳐오느라 온갖 풍상을 다 겪어서인지 지금까진 전혀 못 느껴봤어요. 그때야 고생이었지만 지금엔 밑천이 되었으니 오히려 고맙지요, 뭐. 그리고 남자들의 세계를 생생하게 헤쳐야 할 때 약간의 한계를 느끼는데 그건 남성 작가들이 여자의 세계를 그려야 할 때와 마찬가지의 한계가 아니겠어요? 남자들이 '체험하는 것'을 잘 그릴 수야 없다 하더라도 오히려 '남자를' 더 잘 그릴 수야 있을 테니…… 여류 작가이기 때문에 느끼는 한계란 '거의 없다'고 말하고 싶군요.

아, 나는 이 이야기를, 박완서 여사보다 반세기 먼저 태어나 살다 죽은 버지니아 울프에게, 이 이야기를 들려주고 싶다. 울프는 여성은 모든 시대를 통해 번번이 그 재능을 좌절당해오기만 했다고 분노하며 "만일 셰익스피어에게 오빠와 똑같은 재주를 가진 누이동생이 있다고 가정합시다. 그녀는 오빠만큼 위대한 작품을 남길 수 있었을까요? 결코 아닙니다. 그녀는 사회의 제약과 여러 가지 여성에 부과된 의무들—가령 양말이나 깁고 국이나 끓이는 일상의 덫—에 갇혀 재능이 질식되어버렸거나, 혹은 반항적인 마음으로 가출했다 하더라도 자신의 재능을 꽃피우지 못하고 결국 자살해버릴 수밖에 없었을 것입니다"라고 케임브리지 대학의 여학생들에게 강연했다. 그리고 그녀는 또 말했다. "기회가 와서 셰익스피어의 누이동생이었던 그 죽은 작가가 규범의 사슬로부터 몸을 일으켜 활동하게끔 하라"고.

자, 나는 버지니아 울프에게 이렇게 말하고 싶다. 여기, 동양의 한국에 한 여류 작가가 있는데 그녀는 여성으로서의 자기 의무(어머니로서, 아내로서, 집안의 주부로서의 의무)를 회피하지도 않고, 또 그것에 억압되지도 않으며, 그런 일을 모두 잘해나가면서도 왕성한 창작을 하고 있고, 또한 지금까지 여성을 억압해오기만 했던 사회를 향해 오히려 '다정한 회초리'까지 들고 있다고. 그리고 그녀는 '여류 작가이기 때문에 느끼는 한계란 거의 없다'고 말하고 있다고. 반세기의 차이란 그렇게도 큰 것일까?

부끄러움과 오기의 소설문학, 『영혼은 외로운 소금밭』, 문학사상사, 1980년

ㅂ

바스러지는 것들에 대한 연민

조선희
서울문화재단 대표이사

아이를 업은 박완서씨는 아파트 현관에서 우편함을 열어 자신에게로 배달돼온 우편물을 한 움큼 꺼냈다. 경비원이 재빨리 쫓아나와 세탁소에서 맡겨놓고 간 드라이클리닝된 겨울투피스를 내주었다. 엘리베이터는 3층에 와서 멎고 박완서씨는 어두컴컴한 복도에 서서 육중한 아파트 철제문에 열쇠를 집어넣었다. '찰칵.'

현관에 들어선 그가 스위치를 올리자 집 안을 점령하고 있던 어둠이 실내 공간을 구성하던 정물들을 형광등 불빛 아래 한꺼번에 토해냈다. 거실벽에는 그가 20년 나이 차에도 불구하고 망년지우로 지낸다는 김점선의 그림들이 여러 점 걸려 있었다. 모든 움직이는 것들을 캔버스 안에 가두어 꼼짝없이 정지시키고 있는 듯한 그의 그림들은, 이 집 안에 고여 있는 고적함과 친밀하게 내통하고 있었다. 베란다 쪽으로 놓인 화분 안에서 난 한 포기가 노랗게 혈관이 말라붙어가고 있었다. 오늘 하루 이 정물들 사이에 두껍게 쌓였던 견고한 침묵이 부서지는 소리가 들렸다. "어이구 우리 지상이 착하기도 하지" 박완서씨가 포대기를 풀어 손주딸 지상이를 기다란 안락의자에 누이면서 어르고 있었다.

교사생활을 하는 둘째 딸이 겨울방학이라 강원도 스키장에 가 있는 며칠 동안 그는 스무 개월짜리 외손녀를 돌보면서 사위를 뒷바라지하느라 딸네 집에서 지내고 있었다. 송파구 방이동 대림아파트 7동에 박완서씨가 살고 바로 옆의 6동에 딸네가 살고 있다. 종일토록 아이를 업었다 안았다 뉘었다 부산하던 이 할머니는 '소설가 박완서 선생'을 찾는 내방객 때문에 하는 수 없이 다시 소설가가 돼 보이기 위해 서재가 있는 자신의 집으로 막 돌아온 참이었던 것이다.

결코 좁다 할 수 없는 아파트에 첫눈에도 박완서씨 외에 다른 사람이 살고 있는 것 같지는 않았다.

"지금은 혼자 남았지만 처음 이 아파트로 이사를 왔을 때는 식구가 아주 여럿이었지요. 그사이 시집도 보내고 죽어 나가기도 하고……."

박완서씨네가 이리로 이사 왔던 1985년만 해도, 갓 지어진 대림아파트는 서울 변두리임이 실감나는 황량한 벌판에 허허로이 서 있었다. 수도권의 인구집중과 중산층의 강남병이 한때 바람귀가 잉잉거리던 이 고층 아파트 주변을 빽빽한 아파트의 밀림으로 만들어놓았다.

박완서씨는 강력한 방해전파를 발사하는 외손녀 지상이를 재우려고 무던히 애를 썼다. 그는 아이를 도로 포대기에 업고 서성거려보았으나 좀처럼 잠들 기미를 보이지 않자 아예 방으로 데리고 들어가서 불을 끄고 아이와 함께 누워보기도 했다. 그러나 30분쯤 만에 전화벨이 요란하게 울린 뒤 박완서씨는 눈이 말똥말똥한 아이를 안고 거실로 나왔다.

"아유, 거의 다 재워놨었는데…… 우리 지상이 순하니까 그냥 이럭허고 얘기합시다. 아이는 어른이 자기를 귀찮아하고 억지로 재우려 하면 귀신같이 안답니다."

박완서씨를 따라 그의 집 안에 들어섰을 때, 그리고 닫힌 공간에서 한껏 팽창해 있던 어둠과 정적을 맞닥뜨렸을 때, 나는 그 분위기가 뜻밖에도 별로 낯선 것이 아니라고 느꼈다. 왜일까? 아하!

나는 언젠가 그의 단편 「저물녘의 황홀」을 읽은 적이 있다. 이 작품은 커다란 집에 홀로 남겨진 한 노경의 여인이 맞는 쓸쓸한 저녁을 그려내고 있었다.

> 현관문을 열 생각을 하면 무서웠다. 집 안으로 발을 들여놓자마자 백년 묵은 먼지가 피어오르듯이 자욱하게 피어오르는 냄새 때문이었다. 뼛속까지 시리게 음습한 그 곰팡내는 책이나 벽지가 썩는 듯도 했고, 묵은쌀이나 마른반찬이 변질하는 듯도 했다. 그것은 나의 냄새였다. 내가 떨구고 간 나의 체취가 빈집에 괴어서 온종일 썩어가는 음습한 냄새였다. 젊음에 의해 희석되거나 풍화될 길이 막힌 채 괴어 썩어가는 늙은이 냄새는 맡을 때마다 새롭게 섬칫하고 고약했다.

이 작품이 발표된 1985년은 아직 남편과 아들이 그의 곁에 있을 때였고, 이처럼 '곰팡내 나는' 고독은 그저 그의 상상력의 공간 속에서나 존재하고 있었을 것이었다. 다만 자신이 해가 다르게 늙어가고 있고 모든 완전했던 것들이 바스러져가고 있다는 절망감을 남편과 아들의 존재가 완전히 방해하지는 못했을 것임이 분명하다. 「저물녘의 황홀」은 그런 절망감을 쓰다듬고 있었다.

이 소설은 늙어간다는 것의 허망함을 대단히 인상적인 삽화를 통해 오래도록 내 기억 속에 각인해두고 있었다. 늦은 가을 집 앞 벤치에 앉았던 주인공은 어깨를 툭 치며 떨어지는 나뭇잎을 보고 그곳에 나무가 있다는 사실을 새삼스럽게 깨닫게 되고 한동안 골똘히 살펴서야 그것이 벚나무였다는 걸 기억해냈다. 서글퍼라!

> 지난봄 그 나무는 얼마나 당당했던가. 황량한 공터와 야적장뿐인 집 주변에 어느 날 엷은 꽃구름을 두른 한 그루의 나무가 땅속에서 솟은 것처럼 느닷없이 나타났을 때 우리는 환성을 질렀었다. 엷은 꽃구름은 불과 일주일 만에 활짝 피어났다. 어찌나 미친듯이 피어나던지 딱딱한 불모의 땅이 흰 공터에 묻혔던 봄의 정령이 돌파구를 만나 아우성치며 분출하는 것처럼 보였던 것이다. 이제 공터는 없고 만개한 벚나무만 있었다. 그러나 어느 날 갑자기 피어났듯이 어느 날 갑자기 지기 시작했다. 꽃이 진 다음날부터 우리는 그 나무를 기억하지 못했다.

전쟁은 어쩌면 박완서씨의 생애에 일찌감치 늙음의 징후를 뿌려두었는지도 모른다. 스무 살에 맞은 6·25전쟁은 그의 젊음을 약탈해가고 모든 온전한 것들을 바스러지게 했다. 아버지를 일찍 여읜 그의 집안에서 유일한 남자였던 오빠를 데려갔고, 대학에 갓 입학했던 그를 영영 엉뚱한 곳에다 내팽개쳐버렸던 것이다.

그의 압도적으로 많은 작품들이 전쟁시기의 그 고통에 뿌리내리고 있다. 1970년의 데뷔작 『나목』은 20년 동안 의식의 밑바닥에 눌러두었던 그 고통의 응어리가 천천히 발효해서 비로소 폭발해 나오는 모양으로 보였다. 그에게서 문학 창작의 터빈을 돌리는 발전기는 개인사적인 고통이거나 비극의 체험이다. 전쟁은 비단 박완서씨뿐이 아니라 많은 작가들에게 창작적 소재의 마르지 않는 샘이 돼왔다. 또한 분단 시대의 비극성이 바로 그런 이유 때문에 한국작가들의 행복이기도 하다는 소문은 그에게도 전혀 부당한 것은 아니지만 조금은 잔인한 것일 수 있다.

"6·25는 내 운명을 완전히 바꾸어놨어요. 학업을 잇지도 못하게 했고 내가 꿈꾸었던 것과는 전혀 다른 인생을 살게 했죠. 전쟁 때문에 다 망쳐버렸다는 생각을 가끔 했어요. 한 치 앞을 내다볼 수 없는 운명에 놓인다는 것은 폭정에 시달리는 것보다 더 굴욕적인 것이지요. 아버지 안 계시고 오빠와 남매가 자랐기 때문에 굉장히 서로 아껴주었는데 오빠가 죽고 빨갱이로 몰리고 수모와 굴욕을 당하고 밑바닥까지 가는 가난을 겪을 때 나는 이 전쟁을 용서할 수 없다는 생각을 했습니다. 그리고 어쩔 수 없이 당하는 것들, 이길 수 없는 현실을 언젠가는 소설로 갚아줄 수도 있다고 생각한 적도 있었지요. 그것은 그런 수모와 굴욕 속에서 최소한 자존심을 구하기 위한 자위행위이기도 했습니다."

실제로 1970년 등단 이후 그의 문학은 추악한 전쟁에 대해 설욕하기를 쉬지 않았다. 『여성동아』에 '한발기'라는 제목으로 연재했다가 나중에 『목마른 계절』이라는 제목의 단행본으로 나온 그의 첫 장편소설은 그의 전쟁체험을 거의 복원시켜놓은 자전에 가까운 소설이었다. 인민군의 서울입성을 '이제 해방세상이 왔다'며 환영했던 여대생이 돈암동 언덕배기 집에서 국군 인민군 다시 국군 인민군 국군 치하를 살아내는 모습을 그려보였었다. 대학 2학년 때 읽은 이 작품은 내게 한국전쟁에 대한 최초의 기다란 설명이었고 지금까지도 내게서 6·25 인상의 독보적인 자리를 차지하고 있다. 그리고 여담이지만 나는 박완서씨가 서울대 문리대에 입학한 적이 있었다는 사실을 이 자전소설을 통해서 처음 알게 됐었다. 이 소설책의 뒷면 약력란에조차 그는 숙명여고 졸업이라고 했던 것이다.

"대학을 입학하고 불과 몇 개월도 못 가서 중도하차했는데 어디 내세울 건덕지나 있나요? 그렇지만 나중에 문단에 나오고 나서 한말숙이나 김우종씨 등이 우리 대학동기라고 친하게 지내게 됐지요."

『목마른 계절』과 『나목』이 전쟁기를 고스란히 되살린 경우지만 그의 대부분의 장편들은 어떤 식으로든 전쟁이 개인사 혹은 가족사에 어떻게 관계했는지를 따지곤 한다. 『도시의 흉년』에서 전쟁은 신분질서와 사회관계가 뒤흔들리는 격변기이고, 이재에 밝은 한 하층민 일가는 그 을씨년스러운 피난통과 피비린내 나는 열전 속에서 매춘업 또는 군수품 밀매업 등 부도덕한 방법으로 부를 축적한다. 이 전시의 축재는 그뒤 상업자본으로 전화하고, 1960~1970년대 산업 사회화 과정에서 이 일가는 감쪽같이 중산층으로 신분상승을 하게 된다. 요컨대 이 작품에서 전쟁은 중산층의 물질적 토대와 허위의식의 형성과정을 풍자하는 데 더없이 적절한 배경으로 작용하는 것이다.

그는 "전후의 긴 세월의 일들이 거의 기억에서 지워졌어도 전쟁기는 어제 일처럼 기억에 생생해요. 그러나 오히려 나는 6·25를 소재로 대작은 쓸 수 없을 것 같습니다. 개인적인 체험과 충격의 울타리에서 한 발짝도 빠져나갈 수 없기 때문이지요. 아마 세대가 바뀌고 전쟁체험 세대가 사라지면 오히려 훌륭한 문학이 만들어질 수 있을 것 같습니다"고 말했다.

박완서씨는 올해 61년째를 살고 있지만 그의 생애의 배경에서 역사는 몇 차례 그 굵은 물줄기를 바꿨고 그가 실제로 살아낸 세월은 그의 나이보다 몇 배는 더 많고 깊은 주름을 지니고 있을 법하다. 그의 생애는 식민지 봉건 시대로부터 출발해 혹독한 전쟁을 치르고 찢어지게 가난한 세월을 가로질러 마침내 1990년대라는 경탄스런 문명의 한가운데 들어와 있는 것이다.

'경이롭고도 신산스럽다. 나는 수공업 시대에 농경사회에서 태어났고 그때는 유리도 워낙 귀해서 유리로 된 물건을 본 것은 푸르스름한 정종병 정도였다. 나는 어떤 때 내가 5백 년을 산 것 같은 끔찍한 생각이 들기도 한다. 실제로 4~5백 년 씨족마을에서 대를 이어 살아온 우리 할머니들은 수백 년 살아도 못 본 것, 경험하지 못한 것들이 60년 동안 나를 스쳐갔으니…… 더는 무엇을 볼까 겁이 나기도 한다.'

실제로 그의 집안 구석구석에서 그 기다란 세월, 식민 시대에서 분단 시대에 이르는, 수공업 시대에서 대량생산 시대에 이르는 그 긴 세월의 흔적이 동서하고 있다. 그의 서재에 바닥에서 천장까지 빼곡하게 꽂혀 있는 문학책들은 그대로 그의 생애가 여행해온 세월의 지층이다. 물론 이 세월의 지층 맨 아랫녘엔 식민 시대가 존재한다. 그의 서재 한 모퉁이 책장에는 식민 시대 일본 동경에서 출판된 세계문학전집이 이제 완전히 고동색으로 변한 채 먼지를 뒤집어쓰고 있다. "처녀 적에 보던 책들이지요." 뒤따라온 박완서씨가 설명한다. 『독일현대희곡』『프랑스희곡선』 등의 한문 제목이 붙어 있는 그 전집 옆쪽에는 박완서씨가 지난

20년 동안 써낸 소설책들이 책장의 세 칸 정도를 점령하고 있는데 모두 서른 권은 족히 돼 보인다. 책상 위에는 워드프로세서가 놓여 있다. 대우에서 나온 르모Ⅱ를 쓰다가 기십만 원을 얹어주고 르모Ⅲ으로 바꿨다 했다. 르모Ⅱ가 시판된 것이 1988년 이후니까 그의 서재에서 기계가 원고지를 밀어낸 것은 길어야 3년 전이라는 얘기다. 그의 생애로부터 쉴새없이 문학을 길어내는 이 공장에서, 지금은 바로 『작가세계』에 보낼 신작 소설이 제작공정에 들어가 있다. 책상 앞에는 그의 딸들의 사진들이 꽂혀 있다. 서재 한쪽 모퉁이 벽에는 박수근 화백의 판화가 든 액자가 걸려 있다. 역시 박수근 특유의 황량하면서도 풍성한 나목 아래 아낙네가 걸어가고 있는 그림이다. 엽서 한 장 크기만한 이 그림은 박화백의 사후에 입수한 것이라고 했다.

"여고 시절에는 일본문학도 좋아했어요. 얄팍한 연애소설이나 탐미주의 소설들을 주로 많이 보았는데 거기서 좀 벗어나보아야겠다는 생각이 들어서 일본말로 번역된 세계문학 책들을 읽기 시작했지요. 특히 해방되고 나니 일본인들이 버리고 간 책들을 구하기가 쉬워서 책을 많이 구해 보았지요. 러시아문학에 빠지기도 했는데 도스토옙스키나 체호프에 대해 특히 흥미를 느꼈던 기억이 납니다."

그는 학생 시절 작가가 되겠다고 마음먹기도 했지만 전쟁을 치르면서 또 결혼해서 아이 낳고 살면서 그런 한때의 꿈은 무의식의 밑바닥으로 가라앉아버렸다.

"1953년 전쟁이 끝나자마자 결혼했어요. 시댁은 굉장히 대가족이었고 시부모님 모시랴 다섯 아이 잇달아 낳아서 기르랴 장차 글을 쓰게 될 걸로 생각도 안 했어요. 커다란 한옥에 연탄아궁이가 있는 그런 집이었는데 이때는 문학책을 들여다볼 짬도 없었지요."

그가 종로 뒤켠의 고색창연한 한옥에서 바닥 깊고 어두컴컴한 부엌과 대청마루를 뻔질나게 오르락내리락하면서 보냈던 이삼십대는 바로 엄혹한 살림의 밑바닥에 문학을 저장하는 시기였을 것이다. 그것은 문예이론서나 문학작품에 기대지 않은 문학수업일 뿐이었다는 것이 내 생각이다.

1970년, 그가 4녀 1남의 아이들을 웬만큼 키워놓고 마흔 살의 늦깎이로 문단의 한 모퉁이에 발을 들여놓았을 때 그에게 가장 새로웠던 것은 바로 자신의 이름이었다. "오랫동안 '누구 엄마' 하는 식으로만 불리다가 내 이름이 생기니 이상하더라"고 그는 고백한다. 그리고 소설가가 됐다는 것은 그에게 자기 자신의 이름을 비로소 회복시켜주고 한 사람의 당당한 사회인으로 거듭나게 한 것 말고도 그의 삶의 내용을 천천히 그러나 깊숙이 바꿔놓고 있었다. 이제 삶은 그냥 사는 것이 아니라 문학의 질료로서 살아져야 했다. 또 날것 그대로의 삶은 그의 연금술에 의해 문학으로 전환되면서 수없이 되풀이 살아졌다. 다시 말해 객관화시키고 반성하는 삶이 시작된 것이다. 물론 예전에는 자신과 아무런 상관없이 그저 무의미한 타자로 존재했던 숱한 사람들이 그리고 일들이 모두 나름대로 각별한 의미망을 구축하면서 자신의 문학적 감수성의 체계 속으로 편입되어 들어왔다.

"그걸 일종의 의식화라고 할 수도 있을까요? 뭐든지 챙겨서 보게 되고 무심히 사는 것이 없어지니까, 바로 그것이 사는 맛의 심화이지만 고단한 일이기도 해요. 이건 좀 신기한 일인데 문학은 지독한 곤란에 빠졌을 때 구원의 여지가 되기도 하지요. 곤란을 곧 문학으로 보상받을 것이라는 생각 때문이지요. 아까도 얘기했지만 전쟁통에도 언젠가 소설로 되살려내 오늘의 수모를 갚아주리라고 생각하면서 자존심을 회복하기도 했었으니까요."

그의 문학은 곳곳에서 온갖 바스러진 것들 짓눌린 것들 뒤틀려버린 것들에 대한 짙은 연민을 드러내고 있다. 그의 문학에 도저하게 깔려 있는 비극성은 그의 파란 가득한 가족사에도 닿아 있고 그것은 바로 우리 현대사가 그 거대한 이데올로기의 산맥에 깃들인 개인들의 삶에 떨구어 놓은 치명적인 앙금이기도 하다.

일찍 아버지를 여의고 오빠마저 잃은 그의 가족사는 그의 많은 작품들에서 아버지의 부재로 나타나기도 한다. 대개 아버지는 일찍 세상을 떠나버렸거나 살아 있다고 해도 있으나마나 한 존재로 무력화시켜놓는 것이다. 그리고 남은 여자들—대개는 할머니 엄마 딸로 이어지는—사이의 갈등과 혐오는 그의 문학에 꽤 생동감 있는 모티프를 제공하면서도 그의 작품들을 모종의 퇴행적인 여성성의 울타리에 잡아두는 바도 없지 않다. 그러나 이런 물음에 대해 그는 고개를 갸우뚱한다.

"글쎄요."

박완서씨 무릎 위에서 어느새 아이가 눈을 내리감은 채 고른 숨소리를 내고 있다. 그는 아이를 조심스럽게 안아 방에다 눕힌 뒤 주방 쪽으로 갔다. 내게 술은 자주 위안이고 또 이완이라고 알려주자 그는 마침 냉장고 안에 마시다 남겨둔 포도주가 있다고 가져왔다. 이 아름다운 독은 아마 그에게도 때때로 견고한 고독을 위로하는 달가운 방문객이 돼왔을지도 모른다. 금세 포도주병이 비워지자 그는 그윽한 홍갈색으로 익어가는 살구술을 내왔다. 연초에 원주의 박경리씨 댁에 가서 얻어온 것이라

했다.

그는 지난해 가을 두 달에 걸쳐 이스라엘 프랑스 스페인 등지로 성지순례를 다녀왔다고 얘길 했다.

"몇 해 전부터 성당을 다녔어요. 남편도 특별한 취미생활도 없고 은퇴할 나이가 가까워지면서 우리는 일요일에 성당에 함께 다니기로 했지요. 어느 날 성경도 매혹적으로 다가오더군요."

그는 남편 그리고 곧 아들이 세상을 떠난 뒤 처음에는 심령과학에 몰두했었다고 했다. '육신이 소멸한 뒤에도 영혼이 있을까? 내가 좋아하는 사람들이 이제 많이 저쪽 세상에 있는데 그 세상은 어떤 것일까?' 그는 매양 그런 생각에 빠져 지냈다. 반드시 이 세상 밖 어디엔가 그들의 세상이 존재한다고 믿고 싶었다. 성지순례도 그런 탐구의 과정이었다. 그러나 그는 자신의 행위가 시작은 무엇이었고 끝은 무엇이 될지 안타깝게도(?) 너무나 잘 알고 있었다.

"하기야 죽은 다음의 세계야 죽어보지 않으면 모르는 것이지. 그것을 살아서 알려고 하는 것이 인간의 교만이 아닐까요?"

그는 올해에 소설 쓰기를 쉬기로 했다. 1985년부터 연재해온 『미망』이 최근 세 권의 책으로 출판되는 것으로 그의 고단한 창작여행에 일단 큰 쉼표 하나가 찍힌 셈이다. 『미망』이 아마도 그가 지금까지 써온 소설 중에서 가장 길이가 길다는 것 말고도 그의 상상력이 처음으로 망막한 역사공간에 진출했다는 점, 그리고 이 작품에 실린 작가의 '잃어버린 고향에 대한 그리움' 따위에서 그렇다. '겉으로는 일제에 협력하고 뒤로는 독립운동 자금을 대는 개성 상인들에게서 가진 자들의 이율배반적인 윤리, 그리고 버리지 못하면서 불의에 대항한다고 하는 우리 중산층 사람들의 정치의식의 한계를 비추어보이고 싶었다'는 것은 『미망』이라는 작품에 심어놓은 작가의 메시지의 꽤 요긴한 대목임에 틀림없겠으나, '개성 사람들의 특이한 기질과 문화를 되살려봄으로써 상상력의 공간에서나마 고향을 답사하고 싶었다'는 박완서씨의 저의는 어쩌면 이 소설의 진행을 독려해온 가장 강력한 힘이었을는지도 모른다. 1985년에 연재를 시작해놓고 막내딸이 큰 교통사고를 당하면서 한동안 힘들었고 1988년 아들의 죽음 후엔 연재를 중단했다가 다시 계속해오느라 『미망』은 '제목 그대로 잊어버릴 수 없는 작품이 됐다'고 박완서씨는 말했다.

등단 이래 그는 장편소설을 거의 쉰 적이 없다. 특히 일간지에 소설을 연재하는 동안은 항상 말 그대로 악마가 꽁무니를 뒤쫓아오는 것 같았다고 했다. 그렇다면 올해는 그가 20년의 격렬한 노동 끝에 맞는 안식년인 셈이다. 그는 이제 20년 세월 저편으로 물러난 등단 무렵을 떠올렸다. 그 두근거리던 시작, 그 첫 출발의 기억을.

"『여성동아』에 당선됐을 때 심사위원들이 이제 작가가 됐으니 앞으로 바쁠 것이라고 얘기하더군요. 이제부터는 심사도 없이 바로 발표된다고 생각하니까 굉장히 겁이 나고 두렵더군요. 그래서 심사위원 중에서 박영준 선생이 연세도 지긋하고 해서 당선 인사 겸 단편소설 다섯 편을 열심히 써서 갖다 보여드렸지요. 그랬지만 그뒤 1년 동안 원고 청탁이라는 걸 한 번도 받아보지 못해 얼마나 낙심했는지 몰라요."

그는 마흔 고개를 넘도록 예금해두었던 젊음의 그 막대한 잔고를 무궁무진하게 인출해내듯 등단 후 작렬하는 창작욕을 보였다. 그는 이문열, 현길언씨 등과 더불어 우리 문단에 드문 다작가 무리에 속하고 있다. 이미 그가 써놓은 소설책들은 서고의 여러 칸을 채우고 넘치는데 아직도 그는 더 쓸 거리가 남았을까? 남의 작품과는 다른 작품을, 그리고 지금까지 쓴 것과는 다른 새로운 작품을 써야 한다는 것은 작가에게 있어 최소한의 욕심이자 성실함인데, 그에게 아직도 개척 가능한 무엇이 남아 있는 것일까?

그는 단호하게 "물론"이라고 대답했다. "죽을 때까지 현역으로 있을 수 있는 작가가 행복한 것 아닐까요?"라고 덧붙일 때 잔주름이 꼬리를 물고 있는 그의 눈에 오랜만에 넉넉한 웃음이 실렸다. 어떤 사람에게 새로운 것에 대한 관심이 남아 있다는 것은 그가 아직 정신적인 노화는 받아들일 준비가 돼 있지 않다는 증거일 것이다.

내가 그의 아파트를 나설 때는 자정을 넘고도 시곗바늘이 30분 거리를 벌써 이동해 있는 중이었다. 그의 집을 찾아갈 때 내 엉성한 기억력으로 가락동 대림아파트, 오금동 대림아파트, 방이동 대림아파트—비슷한 동네에 똑같은 이름으로 고만고만한 아파트들이 이렇게 헷갈리게 모여 있었다—사이를 몇 차례 순력을 돌고는 완전히 기진맥진한 몰골을 하고 그의 집에 들어섰었다. 박완서씨는 아파트 입구까지 나와 내게 이 곤혹스런 아파트 밀림에서 벗어나는 길을 세심히 일러주었다. 아파트 입구로 차를 몰아 나올 때 경비원이 차를 세웠다. 아파트 경비원들은 대개 아파트 입주자들에게는 하염없이 친절하고 외부 사람들은 일단 절도혐의자쯤으로 간주하는 버릇이 있다. "어디서 나오는 거예요?" "6동 1407호에 왔다 가는 겁니다." 나는 박완서씨의 딸네 동호수를 댔다.

신정 지나고 내린 큰 눈이 아직 길가에 남아 밤을 밝히고 있었다. 강변도로는 미끄러웠다. 껌껌한 강물이 좁고 기다란 도로를 곁눈질하는 강변을 달리면서 나는 예정된 노화로부터 박완서씨의 정신을 지켜내는 그 '새로운 것에 대한 관심'은 대단히 오랫동안 치열하게 훈련된 것이라는 생각을 했다. 그의 내부에서는 지금 정신의 노화와의 그 어느 때보다도 격렬한 싸움이 벌어지고 있을지도 모른다. 곁에 있는 사람의 죽음은 으레 늙음을 남겨놓게 마련이다. 그는 네 살 때 아버지의 죽음을 보았고 전쟁통에 오빠의 주검을 돌보았다. 그에게 있어 죽음의 의식은 유난히 일찍 시작됐으나, 그러나 그 죽음의 의식은 아무리 되풀이해도 결코 익숙해질 수 없는 것일 게다.

내가 그를 찾아간 며칠 뒤 민족문학작가회의 총회가 열렸고 그는 지난해에 이어 다시 부회장에 선출됐다. 나는 그가 자신이 임원으로 뽑히는 이 총회장에 불참하리라고 충분히 짐작하고 있었다. 총회장에서 박완서씨의 부재를 확인하면서 나는 그의 집을 나서기 전 그가 했던 말을 떠올렸다.

'어쩌면 내 삶에 뚜렷하게 일관돼온 것은 어떤 개인주의적 성향일지도 모른다. 나 자신이 단체에 생리가 맞지 않다고 생각하는 것은 아마도 내 의식의 밑바닥에 깔린 정치 허무주의와 관련이 있을 것이다. 그렇다고 작가회의 이념에 반대한다거나 그 일원인 것이 싫다는 것은 아니다. 단지 내가 뭔지 지도적인 위치에 있다는 것은 불편하다. 내겐 남을 이끌 재주가 전혀 없기 때문이다. 1970년대 아주 암울했던 시대에는 내가 직접 찾아가서 자유실천문인협의회의 회원이 됐었다. 그때는 자실의 일원이라는 것만으로도 위안이 되고 긍지가 됐던 시절이었다.'

『작가세계』 1991년 봄호

ㅂ

상처가 아물기 전에
딱지를 뜯어내며 써야 하는 소설

장석남
시인, 한양여자대학교 문예창작과 교수

이 원고는 박완서 선생의 새 소설 『그 산이 정말 거기 있었을까』의 출간을 계기로 이루어진 인터뷰의 결과다.

이 소설은 1992년 가을에 출간되어 그동안 수많은 독자들의 가슴에 웅덩이를 파놓은 소설 『그 많던 싱아는 누가 다 먹었을까』의 마지막 문장을 이어나가는 소설이다. 코흘리개 소녀의 기억이 시작되는 부분에서부터 한국전쟁이라는 역사의 습격으로 상처받고 헤매면서 그리는 삶의 무늬가 현란하달 정도로 슬프고도 아름답다. 어쩌면 아름답다고 하는 것은 그것이 소설임을 전제로 했을 때 가능한 말일지 모른다. 어떻게 감히 그 신산했던 한 사람의 기억을, 아니 그 가족사 전체를 통해 배어나오는 우리 모두의 과거를, 풍속과 역사를 그토록 간단하게 아름답다고 말할 수 있겠는가. 아마도 그것을 소설이라고 한 것은 염치없는 우리 독자들에게 간단하게 빠져나갈 수 있는 출구를 마련해주기 위한 어떤 것은 아닐까.

박완서 선생과의 만남은 그래서 더 조심스러웠다. 소설이라는 쪽문을 통해서 자신의 기억을 드러낸 사실(그렇지 않은 소설이 또 어디 있을까)을 가지고 무슨 이야기를 할 수 있을 것인가. 역시 할 만한 이야기는 다 한 것이고 감추고 싶은 이야기는 그 어떤 곳에서도 역시 드러내지 않는 것이 자명한 일 아닌가. 이제 노경에 접어드는 대작가에게 시를 공부하는 한 애송이 청년이 할 일이란 역시 그 주변에서 서성이다 그 그림자나 엿보는 일일 것이다. 그 일도 쉬운 일은 아니었다. 다만 어려운 시간을 만들어주신 선생님께 감사드린다.

감미로운 침묵과 맑아오는 정신

오늘은 이번에 출간하신 『그 산이 정말 거기 있었을까』를 중심으로 말씀을 여쭙는 것이지만 이번 기회를 빌려 선생님의 기왕의 작품들을 다 읽고 이 자리를 가졌으면 하는 게 제 욕심이었습니다. 했는데 여러 사정으로 그렇게 할 수는 없었습니다. 당연히 이건 내 자세가 아닌데 생각했지만 일이란 게 뒤에서 미는 것이 있는 것이라서 이렇게 그냥 이 자리에 앉고 말았습니다. 선생님의 소설에 대해서 남들보다 깊이 있게 말할 수 있는 위치도 아니고 또 평론가나 소설가도 아닌 제 주제에 선생님의 소설과 관련하여 말씀을 여쭙게 된 것에 대해 영광스럽고도 부담스럽습니다. 단지 선생님의 어수룩한 한 독자라고 생각해주시고 또 그런 수준 이상의 어떤 질문이 없더라도 이해해주셨으면 합니다. 먼저 근황에 대해서 여쭙겠습니다.

ㅂ 요 며칠간 피정(避靜: 일상생활의 모든 업무를 피하여 성당이나 수도원 같은 곳에 가서 오랫동안 있으면서 조용히 자기 자신을 살피며 기도하는 일)이란 걸 다녀왔습니다. 가톨릭에 귀의한 지 10여 년이 넘어가는데 피정은 이번이 처음이었어요. 사람들에게 얘기만 듣고 어떻게 하는 건가 했는데 이번에 수녀님들이 가는 데 따라 갔었습니다. 의외로 좋았어요. 최소한의 말 외에는 묵상으로 하루 24시간을 보내면서 성경 이외엔 읽을거리도 없이 지내는 것인데 참 정신이 맑아져서 돌아온 것 같아요. 스스로 이런 얘기하기는 뭣하지만 소위 인기 작가라는 것이 아침부터 말에 시달리면서 사는 사람들이 아닌가 싶어요. 식전부터 걸려오는 이런저런 낯선 전화에서부터 일상의 말들, 그리고 글을 쓴다는 것도 머릿속에 왔다갔다하는 말들을 잡는 거잖아요. 그러다보면 하고 싶지 않은 말로 인해 받는 스트레스도 또 친구를 만나 풀게 되는데 그것도 또 말. 그런데 이번에 정말 말로 생긴 스트레스는 말로 푸는 게 아니구나 하는 생각을 했습니다. 정말 침묵 속에서 스트레스를 푼다는 걸 알겠더군요. 읽을거리도 가져가는 것이 아니어서 그냥 갔는데 그곳에도 성경책 이외에는 정말 아무것도 읽을 걸 두지 않았더라구요. 제가 활자 중독이랄까 늘 손에 아무거라도 읽을 걸 붙잡지 않으면 안 되는 성격이었는데 거기에 가서 보니까 또 그것만도 아니고 읽을 게 그것밖에 없어서였겠지만 구약을 읽는데 그게 그렇게 재미있었습니다. 그전에는 그게

그렇게 재미있는 줄 몰랐었거든요. 말 안 하며 살기란 얼마나 답답할까 싶었는데 그게 아니고 정말 좋더군요. 침묵이 정말 감미롭게 느껴지더군요. 그동안 너무 말에 시달렸던 모양입니다. 말이라는 게 없이 우정도 생기더라구요. 매일 같은 자리에서 식사를 하는 사람하구 말이죠. 좋은 경험 했다 싶어요. 남들이 해보는 일은 한 번쯤 따라 해보는 건데 좀 유별나다 싶은 것도 해봐야겠다 싶은 생각도 들었어요. 어제 나올 때는 정신이 정말 쨍하니 맑아진 기분이었습니다.

침묵이란 게 감미롭게 느껴지기도 하셨다니 생각나는 게 선생님 독서 수상 중에서 막스 피카르트의 『침묵에 관하여』라는 책을 어느 수녀원에 머물면서 좋게 읽었다는 대목이 생각나는군요. 작품과 관련하여 요즈음 진행되는 건 없습니까.

ㅂ 사실 『그 산이 정말 거기 있었을까』를 끝내놓고 올해는 안식년 삼아 좀 쉬어야겠다고 생각하고 있었는데 어떻게 가톨릭 주보에 일주일에 7~8매 정도 되는 글을 하나 연재해야 할 게 생겨서 그걸 쓰게 되었습니다. 하루에 한 장 정도 되는 분량인데 그 정도는 써야 하지 않겠나 싶어 쓰게 된 겁니다. 그 글은 소설이랑은 성격이 좀 다른 거니까 소설적인 계획하고는 다른 이야기가 되겠지요.

저는 이상하게 쓸데없는 데 관심이 가는 버릇 때문인지 몰라도 선생님

책을 대할 때마다 이런 생각을 해봤습니다. 선생님의 성함이 본명이신데 그 옛날인데도 더군다나 딸한테 참 소설가다운 이름을 지어주셨구나 하는 생각 말입니다. 시인인 강은교라는 이름도 그렇고 전혜린이라는 이름도 그렇고요. 선생님 스스로는 그런 생각을 해보신 적은 없으십니까?

ㅂ 그러고 보니까 강은교라는 이름도 참 예쁘고 좋은 이름이네요. 사실 완서라는 이름은 예쁜 이름은 아니잖아요? 그런데 참 어른들에게 고맙게 생각되는 것은, 손이 귀해서 그랬는지 몰라도 집안 전체적인 분위기가 자식들을 귀히 여기고 해서 사촌들도 그렇고 일반적으로 딸들에게는 잘 쓰지 않는 항렬자를 꼭 넣어서 딸들에게도 굉장히 공을 들여 이름을 지어주셨어요. 서緖 자가 돌림잡니다. ○자, ○자 하는 이름보다는 굉장히 대접받은 이름이지요. 일제 시대 때 자子 자가 들어가는 이름은 창씨를 해 일본말로 부르기도 아주 쉬워요. 가령, 정자 하면 '사다꼬'라고 부르면 되거든요. 한데 제 이름은 음독으로 그냥 읽어야지 그렇지 않으면 일본말로는 안 돼요. 물론 우리집은 창씨를 하지 않았지만.

선생님은 개인적으로 저희 어머니와 동갑이시고 또 자제분들도 맏따님이 제 큰누님하고 동갑이고 그렇더라구요. 저희 형제도 다섯이고 나중에 선생님의 문학앨범에 보니까 큰따님이 쓰신 글 중에 할머님, 그러니까 선생님의 시어머니가 망령을 피우시기도 해 남모르는 고생을 하시기도 했더군요. 또, 그분이 여든넷에 돌아가신 것도 저희 할머님이랑 비슷한 같은 점이기도 합니다. 물론 가정환경은 전혀 다른 분들이지만 자꾸만 공통점을 찾게 되기도 하고 저도 모르게 선생님 소설 속에서 저희 어머니의 모습을 발견하려고 하기도 합니다. 선생님 연배의 소설가가 별로 없어서 더욱 그런 건지도 모르겠는데요. 그래서 그런지는 몰라도 선생님의 세대는 아주 특별한 세대가 아닌가 생각됩니다. 일제 시대 교육을 받았고 성인이 되어 해방과 전쟁을 맞고 또 장년에 접어들면서 4월 혁명을 맞고, 급격한 산업화를 겪는 등 그야말로 격변의 세월을 전부 온몸으로 통과시켜온 세대라고 할 수 있는데요, 선생님은 선생님의 세대를 어떻게 정의하시겠습니까.

ㅂ 변화를 아주 많이 겪은 세대지요. 어느 글엔가 쓴 적도 있는데 5백 년을 사는 것 같다고. 저는 아주 시골에서 태어나 자라서 그런지 몰라도 그 변화가 5백 년도 더 되는 세월이 한꺼번에 이루어진 것이 아닌가 생각될 정도입니다. 저희 할머니 같은 분은 바로 이웃마을에서 태어나서 저희 집에 시집오셔서 돌아가실 때까지 전혀 변화하지 않은 조선 문화 속에서 살다 가신 분인데 그분은 그냥 이조 초기 사람들의 생애와 비교해도 별로 다르지 않을 것 같은 삶을 살았다고 해도 괜찮거든요. 그런데 제 경우는 다르지요. 가령 어쩌다가 유릿조각 같은 것을 주우면 소꿉장난을 할 때 아주 귀하게 취급했거든요. 그런데 기차 타고 서울에 와서 유리창을 맨 처음 보고 해가 땅에서도 이글거린다고 놀란 경험에 비추어봐도 그렇고요. 그리고 전쟁을 좀 많이 겪었습니까. 2차대전, 6·25 그런 와중에서의 궁핍 같은 것을 겪은 것은 말할 것도

없고요.

사춘기를 지나면서 일본어로 문학을 읽고 또 성인이 되면서, 말하자면 이성이 완전히 형성되면서 이데올로기에 의한 전쟁 체험을 했다는 것도 남다른 세대 의식일 것 같습니다.

ㅂ　열다섯에 해방이 되었는데 해방이 딱 되었다고 해서 바로 일본어가 물러간 건 아니었어요. 무슨 말인가 하면 저희처럼 문학을 좋아한다고 할 수 있을까 하는 사람들은 그 이후에도 일본어 번역판 세계문학전집으로 계속해서 문학을 접할 수밖에 없었거든요. 우리 또래 분들에게 설문 조사를 해보면 러시아 작가들 특히 도스토옙스키나 톨스토이에 감명된 분들이 많다는 점이 공통적으로 나오는 것을 볼 수 있는데 그것은 그 작가들의 일어 번역들이 흔히 많이 나돌아서 그렇지 않았나 하는 생각도 듭니다. 우리 집에도 톨스토이 전집이 있었거든요.

또, 그런 반면에 저희 세대가 그런 것 말고도 좀 이중적인 측면도 많아요. 일본제국이라면 치를 떨듯이 그래도 요즘 공중도덕 같은 교육이 잘 안 되었다는 등의 이야기가 나오면 당시는 그런 교육이 아주 철저했거든요. 해서 그때 교육이 더 좋았다든지 하기도 하고 또 누구한테 들은 얘긴데 육십이 넘은 교장 교감 선생님들하고 일본 여행을 갔는데 술이 한잔 들어가니까 다들 일본의 친구 동창들을 찾아서 간다든가 그 서툴러진 일본어를 무슨 다른 외국어 못하는 콤플렉스를 해소하듯이 자랑스럽게 해댄다든가 또는 술이 좀더 들어가면 일본 군가까지도 무슨 향수처럼 스스럼없이 불렀다는 얘기는 좀 창피한 점이기도 하지요.

5백 년을 산 것 같은 세월

그런 점은 또다른 측면에서 향수라는 것을 시간적인 측면으로 해석해 볼 때 그 이후의 세대들이 일반적으로 몰아붙일 만한 것도 아니라고 보여집니다. 다 떠나서 순수하게 그것이 그들의 하나의 추억거리일 수도 있을 테니까요.
선생님의 이번 작품『그 많던 싱아는 누가 다 먹었을까』『그 산이 정말 거기 있었을까』를 읽으면서 선생님 개인으로서는 큰 의미를 갖는 작품이겠구나 하는 생각을 했습니다. 그동안의 선생님의 기존의 작품들에 나타난 이야기에도 개인적인 체험이 많이 들어갔었구나 하는 생각을 이 작품을 통해서 다시 해보기도 했습니다. 제가 그런 생각을 한 것은 이 작품이 이제까지의 선생님의 삶을 기억이 지워지기 전에 한번 꼼꼼히 정리해보자 한 의도도 있었을 것으로 짐작됩니다. 이 작품에 특별히 의미를 부여하고 싶은 부분이 있다면 어떤 것일까요.

ㅂ 사실 처음 시작할 때 그렇게 의미를 크게 두고 시작한 것은 아니었어요. 출판사측에서 성장소설을 한번 써보면 어떻겠느냐 하는 제의가 와서 시작하게 된 것인데 그동안 단편적으로 소설에 삽입된 부분들도 많이 있었지만 그걸 체계적으로 한번 정리해보는

것도 좋을 듯싶었어요. 그야말로 5백 년을 산 것 같은 세월은 증언으로서의 의미도 있을 듯싶더군요. 『미망』 같은 작품을 쓸 때 느낀 것인데 말하자면 내가 살아보지 않은 시간을 쓰려고 할 때 가장 힘든 게 무슨 큰 정치적인 사건 같은 것은 자료로 어렵지 않게 찾을 수 있는데 소설이란 게 사람이 구체적으로 어떤 생활을 하는가를 통해서 보여주는 것인데 소도구 같은 걸 상기시켜 주는 게 거의 없었고 그 시대의 풍속이라든지 하는 것은 그 당대에 나온 소설을 보는 것이 가장 좋은 방법이었습니다. 그래서 그런 면을 좀더 부각시켜서 자료로도 남을 수 있게 써보려고 일부러 더 세부적인 것은 좀더 구체적으로 드러내려고 소설적인 가공은 하지 않고 일부러 사실적으로 쓴 측면이 있습니다.

저도 읽으면서 참 문화사적인 측면에서도 큰 자료가 될 수 있겠구나 하는 생각을 했습니다.

ㅂ 그래서 마무리가 참 소설적으로 오므라지지 않고 뭔가 뒷이야기가 계속될 것처럼 되어버렸지요. 출판사에서도 더 써보는 것이 좋겠다는 이야기를 많이 해서 출판사에 빚 갚는 것처럼 두번째 책을 쓰게 됐는데 처음 어렵게 써놓은 300매 정도 되는 분량을 컴퓨터 조작을 잘못해 날려버렸어요. 분량으로 치면 약 4분의 1쯤 되는 건데 그게 남 이야긴 줄만 알았더니 제가 당하니까 낙심도 되고 억울하기도 해서 이 작품은 쓰지 말라는 뜻인가보다 하고 손을 놓게 되더라구요. 그래서 안 쓸 마음으로 손을 놓

고 있는데 이상하게 마음이 정리가 되지 않고 안 쓰면 안 되겠구나 하는 느낌이 의무감처럼 와요. 그래서 다시 써야겠다 하고 쓰기 시작했지요. 처음 한 300매는 정말 어렵게 써졌는데 그 이후는 한 두서너 달 만에 쓴 것 같아요. 컴퓨터에 믿음이 안 가니까 매일 저녁마다 프린트도 해놓고 디스켓에 담아놓기도 했습니다. 전에는 이 나이에 컴퓨터를 사용하는 것이 은근히 자랑스러웠는데 이제는 한번 날리고 나니까 아주 채신없는 늙은이 같아 다시 원고지로 돌아갈까도 생각해봤는데 그것도 잘 되지 않네요.

이 소설 속에서 선생님께서는 생활사 측면을 많이 강조하셨다고 했는데 선생님 자신의 개인사 부분은 독자로서 어떻게 해석해야 할지요.

ㅂ 개인적인 체험 중에서도 소설이 될 수 있는 부분만 울궈먹었지 그렇지 않은 부분은 모두 뺐습니다. 자전적인 이야기 중에서도 남이 단순하게 재미있어할 부분보다는 우리 세대가 그렇잖아요, 내가 원하는 무늬를 짤 수가 없었어요. 하도 바깥바람이 거세서 말이지요. 내 개인적인 것에 역사라는 것이 어떻게 불어와 내 삶을 왜곡시키는지 그런 것에 중점을 두었지 순전히 내 개인적인 것은 울궈먹을 생각이 없어요. 울궈먹더라도 다른 형식으로 가능한 것일 테죠.

제 경우도 역사의식이랄까 하는 것이 생겨 역사에 대해서 관심도 갖게 되고 눈을 뜨게 되면서 맨 처음 의문사항으로 떠오른 것이 있다면 역사에 침식당한 한 개인의 삶은 어떻게 역사적 의미를 띠는 것일까 하는 것이었습니다. 가령 쉽게 말해서 남달리 출세하지도 못했고 돈을 많이 벌지도 못했고 무슨 업적을 남긴 것도 없으나 분명히 역사적인 것에 기여를 했거나 또는 순전히 수난만 당하면서 일생을 보낸 우리 아버지의 생애는 어떻게 역사적 조명을 받을 수 있는 것인가 하는 생각을 해본 적이 있고 결론적으로 허무적인 생각에 이르고 만 경험이 있는데요. 모든 사람들에게 모든 역사는 그 개인 안의 역사라는 생각도 했었습니다. 선생님의 이번 작품도 그런 개인적인 이력을 통해 역사의 전면을 한번 조명해본다는 의미로 보입니다. 그래서 6·25를 다룬 다른 어떤 역사서보다 더 역사적이라는 생각을 가졌습니다. 특히나 선생님의 이번 작품에서는 아주 특이한 역사공간이 제시되는데요. 인공 치하와 그 이전의 어떤 진공상태 같은 부분이 그렇습니다. 온 가족이 피난하지 못한 서울의 모습이 아주 세밀하고도 숨막히게 그려져 있는데요. 그 부분에 대해서도 말씀해주시지요.

ㅂ 참, 그 공간은 내가 언젠가는 꼭 증언해야 할 부분이다라는 생각을 하면서 살아낸 공간이기도 합니다. 하여 여러 정황들을 증언하듯이 그려냈다고 볼 수 있을 겁니다.

이 작품은, 쓰실 때에도 다른 어떤 작품보다 고통스러웠을 것 같습니다. 반면 어떤 부분에서는 흥에 겨웁기도 한 부분이 있을 듯싶은데요. 그런 정신적인 부침이 많았던 부분에 대해서도 한번 듣고 싶습니다.

ㅂ 가족의 죽음이라든가 하는 부분은 참으로 고통스러웠고 결국 그러한 부분 때문에 이 소설이 빨리 끝날 수 있었던 게 아닌가 하는 생각도 듭니다. 아이를 낳을 때 빨리 낳아야 진통이 끝나는 것처럼 빨리 벗어나고 싶은 생각 때문에요. 사실 작가들이 글을 쓰는 것에 대해서 뼈를 가는 고통이라든가 산고에 비유한다든가 하는 과장된 말을 하기도 하는데 제 이번 경우가 그런 과장된 비유를 해도 괜찮지 않을까 하는 생각을 하게 됩니다. 1·4후퇴 이후의 서울이라든가 환도하기 이전의 서울의 모습들을 그릴 때는 아주 즐거웠어요. 그런 부분은 저만 본 것 같은 느낌 때문이기도 하고 내가 증언해야 하는 부분일 거라는 생각 때문이기도 했습니다. 왜 유난히 신명이 나서 써지는 부분이 있지요. 내용의 중요성과는 상관없이요.

최초의 비애의 기억이 『그 많던 싱아는 누가 다 먹었을까』에 아름답게 그려져 있는데요. 그것이 어쩌면 선생님 작품의 원형을 형성하고 있다고 생각해보기도 했었습니다. 이상하게도 선생님의 작품은 평범한 일상을 그리실 때도 또 에세이나 칼럼 같은 데에도 비극적인 정조가 나타나거든요. 저에게도 그와 비슷한 풍경과 감정의 경험이 있었습니다. 그것은 문학을 하는 사람이 즐기는 고통 같아서 참 가슴이 아팠습니다. 그런 의미에서는 작가란 참 잔인한 업이란 생각을 가져보신 적은 없으셨는지 모르겠습니다.

ㅂ 사람에게는 진정한 아름다움의 바탕에 슬픔이 섞여 있는 게 아

닌가 생각돼요. 마음으로부터 우러나오는 진정한 기쁨의 밑바닥에도 슬픔이 섞여 있을 거 같구요. 모르겠어요, 사람마다 다르겠지만…….

신비스러움에 대한 동경과 이성

신비스러움에 대한 동경, 가령 굿 구경을 좋아한다든가 굿의 작두타기 같은 것에 굉장한 흥미를 갖는 반면 굿을 하는 주인을 딱하게 생각하는, 말하자면 이성을 중시하는 측면이 늘 선생님의 이번 소설이나 다른 에세이, 칼럼 등에서 보입니다. 그런 신비성과 이성의 팽팽한 대립 같은 게 선생님 문학에서 큰 부분으로 느껴지기도 합니다만.

ㅂ 지금은 이북이라 가볼 수 없지만 개성 근방에 덕물산이라고 있어요. 그곳이 우리나라 무속의 메카 같은 뎁니다. 그곳이 우리 고향이랑 아주 가까워요. 전번에 이 소설 때문에 전방에 가볼 일이 있어 일부러 가봤더니 덕물산이 보이더군요. 최영 장군 사당이며 억울하게 죽은 큰 인물들의 신을 모셔놓는데 어렸을 때 보면 그 산에서 팔도 무당들이 다 모여 무슨 굿인가 크게 벌이는 때가 있습니다. 그 굿이 내게 큰 인상으로 자리잡고 있지요. 그렇지만 또 푸닥거리라든가 하는 것은 아주 싫어했어요. 이번에 구약을 읽으면서도 우리나라의 무속과 비슷한 측면을 발견하기도 했는데 우리나라 무속이 신앙이 되지 못한 것은 너무 사사로

운 것에 빠진 탓이 아닌가 싶어요. 구약 시대의 선지자들, 예언자들을 보면 모두 개인을 위한 그런 사람들이 아니고 공동선과 민족을 위한 사람들이었거든요. 늘 도덕의 편에 서 있고 말이죠. 한데 우리에게 무속은 일종의 사적인 문제를 계략적으로 해결하는 것에 치우쳐 있었단 얘기죠.

사사로운 질문이 되겠습니다만 선생님 소설에는 게장의 맛이라든가 싱아라든가 하는 먹을 것에 대한 관심이 꽤 여러 군데 나오는 반면 음악이 등장하거나 그림에 대한 깊이 있는 내용은 별로 많이 눈에 띄지 않습니다. 특히 음악에 관한 것은 소품으로도 거의 등장하지 않더군요. 그 점은 당시로서는 가장 공부를 많이 한 분으로서는 좀 예외다 싶은데요.

ㅂ 제가 음치예요. 그래서 그래요. 진짜예요. 듣는 것은 좋아하는데 내가 좋아하는 음악은 좀 특이한 음악들이긴 하지요. 그래 내가 음치라 아이들도 음치일까봐 걱정을 했는데 하나도 그렇지는 않더라구요. 잘하는 것은 아니라도. 잘된 건 자기 탓이고 안 된 건 조상 탓이라고 저의 집안의 경우 아주 유교적인 집안이었기 때문에 가무하고는 아주 멀리하는 분위기였어요. 집안에서 노래 같은 걸 흥얼거리면 야단맞고 할 정도였어요. 그리고 또 학교 다닐 때 음악 점수, 그때는 창가라고 했는데 못 받으면 그걸 잘 지도해주시기보다는 정말 공부 잘하는 아이는 창가랑 체조는 못하는 것이라고 하면서 뭐든지 좋게 해주려고 해서 그쪽에 별 신경

을 쓰지 않았어요. 나중에 전국에서 채록한 아리랑을 구해서 참 좋게 들었는데 다 어렸을 때 듣던 거지요. 그런데 우리집에서는 그런 걸 못하게 했어요. 라디오 같은 것도 가까이하지 않는 집이기도 했구요.

뭐니 뭐니 해도 현저동은 선생님 생애에서도 그렇고 문학 속에서도 중요한 동네일 텐데요. 저도 한때 그쪽으로 출퇴근을 한 적이 있는데, 아 저기가 박완서 선생이 살았던 현저동이구나 하면서 지나다닌 기억이 납니다. 지금은 재개발로 다 헐렸을 것입니다. 문학앨범을 보니까 몇십 년 만에 그곳을 찾아보셨더군요. 그때의 기분은 어떠셨는지요.

ㅂ　몇 년 전에 가봤는데 그 집이 그냥 있더라구요. 그래서 어머나 저 집이 그냥 있네 하고 깜짝 놀랐었습니다. 지금도 차가 들어갈 수 없는 곳이었지요. 어렸을 때 장마가 지거나 하면 밤새도록 오빠와 걱정이 되고 무서워서 잠을 자지 못했었어요. 집 무너질까봐요. 개성 지방은 특징이 집치레를 잘하고 살아요. 안채는 높게 기와집으로는 짓고 바깥채는 초가로 멀찍이 짓는데 크진 않더라도 모두 꽃나무를 가꾸고 하여 잘 꾸미고 사는데 현저동과는 대비되는 거죠. 그런데 그 집이 50년이 지났는데 그대로 있더라구요. 번지수도 그대로구요. 동 이름은 현저동에서 무악동인가로 바뀌었던데 번지수는 그대로 있더라구요. 가슴이 두근두근하고 이상했습니다.

참 모진 세월이 이 두 책에 나타나고 있는데 특히나 『그 산이 정말 거기 있었을까』는 정말로 끔찍한 세월이더군요. 선생님은 소설을 처음 쓰실 때도 그렇고 소설을 쓰는 것이 어떤 해원굿 같은 것, 울음을 우는 것을 대신한다는 의미로도 새겨진다고 하신 기억이 납니다. 배고픔만이 진실이고 다른 모든 것은 엄살처럼 여겨지는 심리 상태가 될 때도 있던데요. 그럼에도 인간에 대한 신뢰감 같은 것이 없이는 살아나갈 수 없었을 듯싶습니다. 그래서 인민군들 가령 강씨라든가 마부 신씨라든가 하는 사람들에게 신뢰를 일부러라도 느껴보려고 한 흔적이 느껴지기도 합니다.

ㅂ　거기 그 마부라는 사람이 참 의문의 사람들이에요. 사실 그때 많은 군인들과 사람들을 만나고 부대꼈는데 소설에서는 몇 개의 전형을 만든 겁니다. 사실 소설에서는 중공군이 다른 집에서 잔 것으로 나오는데 실은 우리집에서 잔 군인들도 있고 또 심지어는 다 같은 방에서 잔 경우도 있었는데 그들에게 참 특이한 것은 우리도 그랬고 우리 어머니도 그랬고 저 사람들이 여자들을 어떻게 하면 어쩌나 하는 걱정 같은 걸 안 했어요. 그들은 하나도 민폐를 안 끼쳤고 그랬어요. 그런데 미군이나 국군에게는 그런 경계심이 굉장히 강했거든요. 한데 그들에게는 전혀 그런 게 없었어요.

실제로 어느 주민은 그들이 전혀 그런 민폐 같은 걸 끼치지 않으니까 그들에게 물어봤었대요. 그랬더니 그들은 철저히 교육을 받고 내려왔다고 하더랍니다.

ㅂ 왜 사람에게서 느껴지는 것이 있잖아요. 그런데 그들에게서는 그런 면이 전혀 느껴지지 않는 것이 그때로서는 굉장한 축복이었던 것 같아요. 만약 그런 것까지 그랬다면 어땠겠어요. 사실 반동으로 몰릴까 하는 걱정은 했어도 여자를 달라면 어떻게 할까 하는 걱정 같은 것은 없었어요. 그들도 그런 모습을 풍기지 않았구요. 만약 그런 일이 일어났다면 흉흉한 소문 같은 것이라도 났을 텐데 그런 것도 없었어요.

방소 예술단이 인민군대와 서울 시민을 위한 위안공연을 보던 대목이 나옵니다. 은유나 상징 같은 것은 전혀 없이 벌거벗은 공산주의를 본 느낌이었다고 혐오감을 느끼는 내용이 나오는데 나중에 그 기억이 예술행위에 나타나는 허위의식 같은 것을 혐오하게 되는 심리적 요인이 되었을 듯싶기도 한데요.

ㅂ 그런 면도 없지 않아 있었지요. 방소 예술단 하면 그들에게는 굉장한 거였는데 그것이 참 수준 이하의 것이었고 또 굶는 사람들에게 먹이지 않고 그런 것들을 보여준다는 것 자체도 역겹게 생각되더군요.

선생님의 문장을 자세히 들여다보면 참 모진 분 같기도 하고 따뜻한 분 같기도 하고 헛갈립니다. 가령, 선생님의 어머니에 관한 글에서 어머니가 다리를 다쳤다는 내용이 나오는데 '처음 수술이 잘못되어 한쪽 다리를 엉치뼈를 잘라내고 관절을 금속으로 잇는 대수술을 받아야 했다. 그 결과 다리를 절게 되셨을 뿐 아니라 엉치를 일정한 각도 이상은 구부릴 수가 없는 뻗정다리가 되셨다' 하는 자세한 설명이 나오거든요. 한데 저 같은 사람은 그런 부분은 알고 있다고 하더라도 다시 생각하고 싶지 않아서라도 그냥 크게 다쳤다고 하고 넘어갈 텐데 선생님은 생생하게 보여주신단 말예요. 그게 소설가인가 싶기도 하구요.

ㅂ 제가 아주 잘 조화된 인물이 아니어서인지 오래된 사건은 잊어버리고 근래의 것은 잘 기억한다는 그런 것과는 다르게, 아까도 음식 같은 것은 자세하게 기술하면서 음악 같은 것에 대한 것은 별로 안 보인다는 얘기도 했었는데 어떤 사건이 있었다 할 때 남들은 아주 의식 못하는 부분을 나는 아주 오래 기억하고 또 거기에 집착하고 의미를 부여하려고 하는 부분이 있어요. 반대로 또 굉장히 둔감한 부분도 있어요. 누구와 같이 앉았다가 나와서 같이 있었던 사람이 그때 아무렇지도 않았냐고 너를 빗대놓고 한 소리 같았다고 물을 때 전혀 그런 일이 있었는지도 모르는 부분이 있었거든요. 그래서 내가 건져올리는 부분은 좀 다른 게 있는 것 같아요. 남들 같았으면 정신없이 당황하고 할 국면에서도 이상할 정도로 그 현장이 생동감 있게 기억된다든지 하는 게 있거든요. 아들을 잃었을 때도 누가 그 소식을 가지고 왔는데 이상하게 차라리 정신을 잃는 게 낫겠다 싶으면서도 어떤 사람의 움직임이라든가 하는 것이 선명하게 기억에 남아서 어떻게 그 상

황에서 그런 걸 기억하게 됐는지 그런 것만 생각해도 속이 쓰리고 할 때가 많습니다. 그런데 그건 내가 어떻게 할 수 없는 게 아닌가 싶어요. 반면에 전혀 기억 못하는 것이 있고 그중에서 특히 숫자에 관계된 건 그렇게 기억이 되지 않아요.

상처에서 자유롭고자 울음 대신 쓴 소설

선생님 소설에 관한 평문들이 굉장히 많습니다. 지난번 『작가세계』에서는 상당히 논란이 되는 글이 실리기도 했는데요. 선생님도 그런 글들을 읽을 기회가 많이 있었을 줄로 압니다. 그 개개의 평론들에 크게 신경을 쓰시지는 않는 걸로 알지만 간혹 선생님은 평론가들이 선생님의 소설을 어느 정도 접근하여 읽는다고 보시는지도 궁금한 점입니다. 말하자면 평론에 대한 작가로서의 견해라고 할까요. 굳이 선생님에 한정하여 말씀드리지 않더라도 보편적인 이야기로 하셔도 괜찮을 것 같습니다.

ㅂ　내 글에 관한 평론을 읽어본 적도 있고, 또 제 소설에 대해 비판한 글들도 보았습니다만 그렇게 크게 개의치는 않습니다. 그것은 읽는 사람의 자유지요. 단지, 문학사 같은 것을 보게 되면 그 작품은 읽어보지도 않고 어느 평론가가 뭐라고 말해놓으면 그걸 그냥 인용해 써버리는 걸 종종 보게 됩니다. 그것도 일종의 표절은 아닌지 모르겠어요. 일반 소설 작품에서는 표절에 대한 얘기

가 심심치 않은데 그런 것에는 말이 없어요. 그런 점은 좀 뭣하다고 봅니다.

선생님은 〈나에게 소설이란 무엇인가〉에서 참 쉽게 소설론을 말씀하셨습니다. '유독 억울하게 당한 것 어리석게 속은 것 잊지 못하고 어떡하든 진상을 규명해보려는 집요하고 고약한 나의 성미가 훗날 글을 쓰게 했고 나의 문학정신의 뼈대가 되었다'고 하셨는데. 6·25라는 역사의 기습적인 습격을 당하고 다시 말하자면 역사라고 하는 것의 습격을 받고 그 상처에서 우선 자유롭고자 울음 대신 소설을 시작하고 쓰고 있다고 하셨습니다. 지금도 그 정의는 유효한 것인지요.

ㅂ　예, 그래요. 소설이 무슨 거창한 어떤 것이라기보다는 역사의 수레바퀴에 밟힌 제 자신의 울음에서부터 시작한 것이라고 할 수 있을 겁니다. 시원한 울음에는 일종의 감미로움이 있듯이 그 소설이라고 하는 것에도 감미로움이 있는 것이라고 보입니다.

이남호 교수의 해설에 쓰여진 세대 의식은 참 재미있게 읽혔습니다. 서울의 진공상태와 오빠의 말더듬도 그렇구요. 목련꽃이 피는 걸 보면서 '이게 미쳤나봐' 하는 대목이 거의 자연스럽게 나오는데 그 부분이 정말 아름답게 느껴집니다.

ㅂ　이남호 교수의 해설은 참 애정을 가지고 쓴 글 같았습니다.

속된 궁금증인데요. 『그 산이 정말 거기 있었을까』에 보면 주인공이 지섭이란 친구와 연애 비슷한 감정을 가지고 만나는데요, 딱히 어떻게 헤어지는가는 나와 있지 않거든요. 그리고 그냥 결혼을 하고 이야기가 끝나니까 그 사람이 나중에 어떻게 되었을까 참 궁금해지더라구요. 그리고 신혼여행을 인천으로 가셨다고 했는데 제가 인천 사람이어서 그런지 옛날엔 인천이 신혼여행을 올 만한 데였는가보다 하는 생각이 다 나서 이상했습니다. 인천 어디로 오셨는지요.

ㅂ　그 부분은 지금 생각해보면 참 우스운 얘긴데요. 지금도 살아 있는 사람이고 해서 이름 한 자는 바꿔서 썼습니다. 뭐 그냥저냥 넘어갈 수밖에 없었구요. 인천으로 신혼여행을 간 것은 사실인데 지금으로 치면 장급 여관쯤 되는 어느 곳에서 묵고 왔던 것 같아요. 그때 인천에는 통제구역이 참 많았어요. 월미도도 들어갈 수 없는 곳이었죠.

『그 산이 정말 거기 있었을까』에 이어 쓰실 다음 권은 어느 부분까지 전개되나요. 소설가로 등단하기까지일까요?

ㅂ　이제 안 쓸 거예요. (웃음)

독서에 관한 수상문을 읽다가 보니까 『현대물리학이 발견한 창조주』라는 책을 가까이하고 계시다고 했는데 요즈음은 어떤 책들에 관심이 가시는지요.

ㅂ　피정 갔다가 와서 구약을 봤다고 해야 하겠네요.

생전에 한 번도 마주쳐본 적이 없는 천상병 시인에 대한 애정 어린 수상문도 읽어보고 했습니다. 제가 시와 관련된 사람이니까 자연스럽게 선생님의 독서 중에서 시의 효용성을 굳이 따져 묻자면 어떤 것일까요.

ㅂ　한 오십대까지는 이 몸이 죽고 죽어 일백 번 고쳐죽어를 포함해서 1백여 편의 시는 외우며 살았던 것 같아요. 손주가 국민학교에 다닐 때 숙제로 무슨 시조를 몇 편 적어오라고 했는지 우리집에 와서 자료를 찾는 걸 보면서 뭘 그런 걸 찾느냐고 그냥 제가 외워서 써준 기억도 있는데요. 요즘은 많이 잊어버려져요. 정지용 시도 참 좋아했습니다. 건방진 소린지 몰라도 요즘 어떤 시들은 시인이라는 게 무슨 대단한 명예도 아닌데 단지 그 이름을 지키기 위해 쓰는 시들도 있는 것 같아요. 초보적인 말 같지만 저는 잘 외워지는 시를 좋은 시로 취급하고 좋아했습니다.

김수영 같은 시인을 좋아했다고 한 글을 본 기억이 있는데요.

ㅂ　김수영의 시는 몇 번을 외워도 잘 외워지지는 않는 시인이지요. 한데 그분의 정신세계가 그렇게 좋았어요. 속에 서려 있는 분노 같은 점이 뭔가 가슴에 와 닿았던 것 같습니다.

작년에 박수근전에 가서도 선생님 생각을 잠깐 한 적이 있습니다. 신기록이라고 할 만큼 성황리에 30주기가 끝났는데 선생님께서도 그 소식을 들어서 알고 있고 또 남다른 생각을 할 수도 있었을 것입니다. 저 역시 고등학교 1학년 때 그분의 따님이 잠깐 저희 미술 선생님이어서 각별하게 생각이 되는데요.

ㅂ 박수근 화백을 미군 PX에 다니면서 만난 것을 저는 참 운명적인 만남이라고 생각하는데요. 사실 맨 처음 내가 글을 쓰게 된 것도 그분 때문이었어요. 그분 유작전을 갔다가 와서 사후에 그분의 그림값이 오르고 하는 걸 보면서 분하기도 하고 억울하기도 하더라구요. 그분의 생전의 삶이 너무나 그렇게 비쳤어요. 사실 동년배의 이중섭 같은 분은 구상 선생 등에 의해 글로도 많이 소개가 되었는데 박수근 선생은 그런 게 없었거든요. 그래서 처음에는 그분에 대한 전기를 『신동아』에서 모집하는 논픽션에 보내 소개하고 싶어서 시작한 것이 막상 시작하고 보니까 그분에 대해서 너무 모르고 있더라구요. 그리고 자꾸만 내 이야기를 그 속에서 하고 싶기도 해서 완성된 작품이 데뷔작인 『나목』이었지요. 그분의 유족들에게도 그분 그림이 이미 남아 있지 않은 상황에서 그렇게 평가가 나고 하니까 속이 많이 상했었습니다.

선생님의 소설에 보면 '홋뚜르'라든가 '뜨악하게' '휭너케' 같은 부사들이 참 감칠맛 나게 쓰이고 있어요. 선생님의 소설에 등장하는 그 말들은 개성 지역의 말들과 관련이 있는 것인가요.

ㅂ 네, 어렸을 때 많이 쓰던 말들이지요.

선생님의 글 중에서, 작가는 자기가 가진 상처가 아물기를 두려워하며 아무는 딱지를 떼어내가며 그 흐르는 피로 소설을 써 그 상처를 드러내야 한다는 요지의 글이 생각납니다. 시 쓰는 사람에게도 꼭 새겨야 할 구절이라는 생각입니다. 두서없는 질문에 답해주셔서 감사합니다. 후배들에게도 선배로서 선생님으로서 든든한 백이 되어주실 줄 믿습니다. 이번 인터뷰의 두서없는 질문들이 독자들의 기대에 얼마나 부응되는 것인지 의심스럽습니다만 제게는 선생님을 가까이에서 뵌 것 자체가 많은 공부와 기쁨이 되었습니다. 선생님을 이렇게 뵌 것이 평생의 추억으로 남을 것 같습니다. 감사합니다.

『동서문학』 1996년 봄호

ㅂ

'이야기의 힘'을 믿는다

최재봉
한겨레신문 문화부 선임기자

그동안 많은 인터뷰를 하셨을 텐데요. 일반적으로 인터뷰가 즐거우십니까, 아니면 괴로우십니까? 그도 아니라면, 어떤 인터뷰가 즐겁고 어떤 인터뷰가 그렇지 않으신가요?

ㅂ　점점 더 싫어져요. 읽기도 싫을 정도로요.

싫은 이유를 여쭤봐도 될까요?

ㅂ　내가 중요하다고 생각해서 말한 것과 상대방이 중요하다고 생각하는 것의 차이겠죠. 어떤 때는 내 생각과 정반대로 글이 나오기도 하더군요.

이번 인터뷰는 선생님을 위해 마련된 것이고, 선생님의 말씀을 독자들에게 고스란히 전달하려는 기획이니까 그럴 일은 없을 것 같습니다. 편안하게 말씀해주시면 고맙겠습니다. 말씀드린 대로 이번 인터뷰는 선생님의 등단 30년을 기념하기 위해 주선되었습니다. '세계사'에서는 『작가세계』 겨울호를 선생님 특집으로 꾸미고 단행본 『박완서 문학 연구』(『박완서 문학 길 찾기』로 출간되었다—엮은이 주)를 계획하고 있습니다. 등단 30년을 맞는 감회가 있을 법합니다. 말씀해주십시오.

ㅂ 어느 틈에 벌써 30년이나 됐나 싶어요. '칠십이 됐다'는 말을 자주 언급하는 게 싫습니다. 내 계획에는 없던 게 칠십이에요. 그렇게 오래 살고 싶다는 생각은 하지 않았습니다. 그런데, 친구들 중에도 죽은 애가 거의 없는 걸 보면 평균수명이 늘긴 는 모양이죠. 여학교 졸업하던 해 전쟁이 났는데, 한 반에 대여섯은 죽거나 없어졌습니다. 그 밖에는 중년에 암에 걸린 경우도 있지만, 환갑 넘어서면서는 지금까지 모두 살아 있어요. 친구들 중 맨 나중까지 남는다는 건 공포예요. 순서를 봐서 한 3분의 1쯤이면 어떨까 싶습니다. 사실 전에는 '죽는 날까지 현역이었으면 한다'는 말을 하곤 했죠. 그때도 내 생각은 그저 육십몇까지였지, 칠십이 되도록 살아 있을 줄은 몰랐어요.

마흔 살 나이에 늦깎이로 등단해 30년 동안 줄기차게 현역으로 활동하고 계십니다. 한국문학의 바람직하지 않은 전통 가운데는 '조로'라는 것이 있습니다. 혹시, 늦게 출발한 게 오히려 더 끈질기게 쓰는 데 도움이 된다고 생각하십니까?

ㅂ 작가 아닌 채로 살았던 세월이 길었던 게 좋았어요. 밑천이 많게 되었거든요. 작가생활을 하면서도 쓸 거리가 없다는 느낌은 거의 가져보지 않았습니다. 그래서, 요즘 젊은 사람들이 너무 일찍 전업작가가 되는 게 위태로워 보이기도 합니다.

선생님의 다작은 감탄스러울 정도입니다. 어떤 비결이 있는지요? 다작이 부담스럽지는 않습니까?

ㅂ 그렇게는 생각하지 않습니다. 십몇 년 된 작가인데, 해마다 한 권 정도로 쓴 이들도 보았습니다. 그이들에 비하면 그렇게 많은 것도 아니죠.

어떤 회고의 글을 보니까 여학교 시절 일본 사소설을 탐독했는데, 박노갑 선생님이 그에 대해 걱정을 하셨다는 대목이 있더군요. 일본 사소설의 어떤 점이 좋았는지요? 그리고, 요즘도 일본 소설들을 더러 보시는지요? 혹시 일본 사소설의 영향이 선생님의 소설에 어떤 식으로든 반영되어 있다고 생각하십니까?

ㅂ 출판사에서 보내주는 책은 더러 읽습니다. 1980년대가 일본 여행길에 큰 책방에 들렀는데, 무라카미 하루키의 소설들이 잔뜩 쌓여 있더군요. 한 권 사서 하룻밤 새에 다 읽었어요. 잘 읽히고

재미있다고 생각했습니다. 그런데, 우리 젊은 작가들이 그이를 의식적으로 '표절'한 것은 아니겠지만, 영향은 많이 받은 것 같아요. 동시에, 전쟁을 겪지 않은 세대의 가벼움이라는 점에서 양국의 젊은이들 사이에 서로 통하는, 일종의 풍속도가 아닌가 하는 생각도 합니다. 특히 일본문학에 대해서는 우리 문단에서 유난히 '표절'에 민감한 게 아닌가 싶어요.

이름도 잊었는데, 왕년에 읽은 일본의 어떤 소설에서 음악이 매우 중요한 역할을 하는 걸 보았습니다. 주인공끼리 음반을 교환한다거나, 소설의 중요한 계기마다 음악이 개입하는 식이었죠. 또하나의 주인공처럼 말이에요. 그런데, 요즘 우리 소설에도 그런 식이 많아졌어요. 그걸 어떻게 표절이라 하겠어요? 총소리 대신 음악이 들리는 게 그래도 좋지 않은가요?

글쎄, 제 경우에도 나도 모르게 영향을 받았는지는 모르겠어요. 학교 다니던 시절 박노갑 선생님의 영향은 컸습니다. 선생님은 사소설이라기보다는 미문을 경계하셨어요. 생활과 체험의 무게가 전혀 실리지 않은 문장을 혐오하셨죠. 지금 생각해보면 매우 엄격한 리얼리즘 작가셨던 것 같아요.

젊은 한국작가들의 사소설적 경향에 대해서는 어떻게 평가하십니까?

ㅂ 과거 우리 소설에는 '나'라는 게 없었습니다. 그런데 요즘은 일본의 영향인지 '나'가 많아졌어요. 일인칭의 편함이 있죠. 읽는 이에게도 그런 점이 있습니다. 주인공을 자기화하게 되니까요.

나 같은 경우에도 내 얘기가 아니더라도 주인공을 자기화해야 잘 써져요. 그게 나쁜 것 같지는 않아도, 나와 대상과의 거리를 유지해야겠다는 생각을 합니다. 제가 일인칭을 즐겨 썼던 건 내가 느끼는 것과 똑같이 독자도 절실하게 느끼게 하겠다는 욕망이 아니었을까 생각합니다.

제가 일본 사소설에서 배운 게 있다면, 일종의 의식의 흐름 같은 걸 겁니다. 기발한 줄거리보다도, 잠재의식도 충분히 재미있는 이야기가 되는구나, 생각했어요. 그전의 소설에서는 맛보지 못한, 운명 같은 거창한 게 아닌, 작은 심리의 움직임 말이에요.

관련해서, 기억과 상상력, 또는 체험과 허구의 관계에 대해 여쭙고 싶습니다. 평론가 서영채씨는 선생님의 소설을 두고 '사소설적인 절실함'이라는 표현을 썼습니다. 그런가 하면, '체험해서 아는 것만 쓴다'는 지적도 있구요. 선생님의 소설 쓰기에서 체험과 허구의 관계랄까 비율은 어떤 것입니까?

ㅂ　물론, 체험을 중시했지만, 체험하지 않은 것에 대해서는 취재도 많이 했습니다. 그리고, 체험은 소설 속에서 흔히 변형되거나 결합되기도 하죠.

같은 맥락에서 선생님의 소설을 두고 세태소설로 평가하는 견해들이 많습니다. 그에 대해서는 어떻게 생각하십니까?

ㅂ 가령 『그 많던 싱아는 누가 다 먹었을까』나 『그 산이 정말 거기 있었을까』 같은 소설에서는 체험을 비틀지 않고 원형을 그대로 보여주고 싶었습니다. 사람의 운명보다는 그 시대의 풍속, 그러니까 1930~1950년대 시골과 서울의 모든 풍속을 재현하고 싶었죠. 소설로서는 가치가 사라지더라도 나중에 자료로서의 가치를 지닐 수 있으면 했습니다. 그에 앞서 『미망』을 쓸 때 크게 느낀 게, 보통 사람들이 어떻게 살았는지를 보여주는 자료가 없다는 것이었습니다. 그래서 제 소설에는 서울 거리의 풍경, 사람 사는 모습, 2차대전 말기와 해방 후의 변화, 의상의 변모 같은 것도 넣으려고 애를 썼죠.

그런데, 체험도 일종의 상상력이더군요. 유년기의 기억은 강력한 대목도 있지만, 하나의 기억과 다른 기억 사이를 잇는 것은 상상력일 수밖에 없습니다. 게다가 강렬한 기억도 자기 상상력에 의해 부풀려지거나 왜곡된 것이 많더군요. 제 기억에 확신을 가지고 써놓은 대목에 대해 그 일을 함께 기억하는 친척으로부터 그게 그렇지 않다는 지적을 받은 적도 있습니다.

한국전쟁의 참혹함을 거치면서 '고발하여 복수하기 위해 쓴다'는 태도가 형성되었다는 토로를 하신 적이 있습니다. 증언 내지는 고발의 충동이 선생님의 소설을 어떻게 이끌어왔는지요? 한국전쟁만이 아니라, 가령 여성문제나 중산층의 위선에 대한 소설들도 그런 관점에서 이해할 수 있겠습니까?

ㅂ　그렇죠. 가령, 얼마 전에 새로 낸 장편 『아주 오래된 농담』에서도 저는 자본의 힘이란 곧 가부장의 힘이라는 사실을 '고발'하고 싶었습니다.

그렇다면, 그런 태도와 이른바 '참여문학' 사이의 거리는 어떻게 확보해야 하겠습니까? 선생님은 참여문학에 대해 그다지 호의적이지 않은 걸로 알고 있는데요.

ㅂ　참여문학에 안 호의적인 것도 아니죠. (웃음) '고발'은 역시 정의감이 아닐까요. 가정에 묻혀서 모르고 살아도 좋을 것을, 정의감 때문에, 또는 어느 편에 서는 게 양심에 부끄럽지 않다는 생각으로 나서서 글도 쓰고 발언도 하고 그러는 거죠. 정당에 가담은 안 해도 이런 정부에는 반대해야 한다는 생각 정도는 있었습니다. 데모는 안 했어도, 이편은 들어선 안 돼, 라는 게 있었는데, 요즘은 영 헷갈리더군요.

선생님의 소설은 역시 리얼리즘이라는 테두리를 벗어나지 않는다고 보아야 할 것 같습니다. 소설에서 형식상의 실험, 또는 반사실주의적 시도에 대해서는 어떤 견해를 지니고 계십니까?

ㅂ　기법실험이라면 조금씩 시도를 해보기도 했습니다. 그런 소설에 흥미를 지니고 있어요. 제 글쓰기와는 어울리지 않는다고 생각하지만 말이죠.

소설을 쓰시면서 구성, 화법, 인칭과 같은 기법의 문제를 어느 정도 고려하시는지요? 작품에 따라서는 사실주의의 틀을 벗어나는 '실험적인' 기법을 쓰고 싶다는 생각을 해보지 않으십니까? 가령, 「나의 가장 나종 지니인 것」에서는 한쪽의 전화 목소리만으로 소설 전체를 구성하셨는데요.

ㅂ 그 작품은 처음에는 대화로 시도하겠다고 생각했는데, 쓰다보니 상대방의 말을 안 넣고도 얘기가 되겠다 싶어 바꾸었습니다. 피카소처럼 형태파괴적인 그림을 그리는 화가도 처음에는 명작을 고대로 모사하는 데에서부터 출발했다고 들었습니다. 충실한 묘사가 있고 나서 변형의 경지에 다다르는 게 아닌가 생각해요. 때로는 충실한 묘사라는 기본기에 자신이 없어서 비트는 경우도 있죠.

조한혜정 교수는 등단 이전 전업주부로서의 삶이 선생님을 '새로운 역사가'로 만들었다고 지적했습니다. 그것은 물론, 여성의 삶을 기록하는 역사가라는 뜻일 텐데요. 그런 지적에 동의하십니까?

ㅂ 저는 후배들이 한참은 직업을 가지고 글쓰기를 병행했으면 합니다. 자기 자리에서의 체험이 골방에서의 글쓰기보다 낫습니다. 저나 다른 여성 작가들을 두고 '여성이니까 직업이 없었다'고 하는 것은 말이 안 됩니다. 전업주부라는 직업이 더 고통스러운 거예요. 저는 전업작가가 아니었습니다. 편하게 쓴 게 아니죠.

특히 1970~1980년대 여성문제를 다룬 선생님의 소설들은 사회적으로 커다란 반향을 불러일으켰습니다. 평론가들 사이에서는, 특히 여성 평론가들과 남성 평론가들 사이에서, 다소 이견이 나타나기도 했구요. 여성의 고통이 너무 과장된 게 아니냐 하는 게 쟁점의 하나였죠. 이런 질문을 드려도 괜찮다면, 당시 여성의 고통을 다룬 소설들이 선생님 자신의 결혼생활과 어떤 관련이 있었습니까?

ㅂ 여성의 고통은 과장된 게 아니에요. (웃음) 어린 시절 친정에서 길러질 때 저는 의식적으로 차별을 받지 않았습니다. 아주 혜택을 받은 경우였죠. 결혼한 뒤 내 지위와 남편의 지위, 친정어머니의 지위와 시어머니의 지위를 보면서 느끼는 바가 있었습니다. 당시의 환경이나 우리집의 형편에 비하면 저는 매우 예외적으로 키워졌습니다. 보통보다는 여자를 위해주는 분위기였죠. 그런데, 시집을 가보니 어릴 때와는 많이 다르더군요. 겉으론 위해주고 떠받드는 것 같으면서도 실상은 그렇지 않았습니다. 그런 게 소설에 반영되었겠죠.

선생님 소설에는 '남성이 부재한다'는 지적이 있습니다. 그것은 오빠의 죽음이라는 개인적 체험에 주박된 결과로 보아야 합니까, 아니면 우리 사회 전체의 상황에 대한 선생님 나름의 판단을 문학적으로 형상화한 것이라 보아야 합니까?

ㅂ 물론 제 체험과 깊은 관련이 있죠. 전쟁 때 집집마다 남자를 지

키고 살리려는 여자들의 분투는 눈물겨웠습니다. 의용군이나 국군에 안 보내려고 여자들이 극성을 떨었죠. 또 한편으로 생각해 보면, 전쟁 뒤에도 한동안은 직업 없는 남자들이 많았어요. 그러다보니 시장에서 장사하는 것도 여자였고…… 여공들의 경우만을 보아도 여자들이 근대화에 큰 공헌을 한 겁니다. 그런 것이 결국 교육열 같은 걸로 이어졌겠죠. 나중에 박수근의 그림을 보니, 남자는 빈둥거리고 여자들은 무언가를 이고 있거나 아이를 업고 어딘가로 가고 있는 거예요. 박수근의 그림대로입니다.

저의 경우에는 아버지가 일찍 돌아가셔서 삼촌이 아버지를 대신했습니다. 오빠와 나이 차가 많이 나서 오빠가 아버지 같기도 했구요. 그래서 부성 결핍은 거의 없고, 오히려 모성 결핍이 있었다고 보아야 할 거예요. 어머니가, 아버지 없는 것을 의식해서 저를 더 꿋꿋하게 키우려 했습니다. 말년의 오빠가 여자들에게 짐이 되고, 위급할 때 남자들이 여자들보다 질기지 못하고 금세 허물어져버리는 모습도 보았습니다.

어릴 적 들은 어머니의 이야기가 작가로서 선생님에게 끼친 영향에 대해 말씀해놓으신 것을 보았습니다. 한편, 선생님의 소설을 두고 '수다와 울음'이라는 측면에서 접근하는 평론가들도 있습니다. 그것은 평자에 따라 긍정적으로 평가되기도 하고 부정적인 것으로 지적되기도 합니다. '수다와 울음'의 문학적 기능을 어떻게 보십니까?

ㅂ 어머니는 이야기를 아주 잘하셨죠. 어머니는 시골에서 드물게 글

을 읽는 여자였습니다. 필사본 책을 많이 가져다 읽으셨어요. 어린 시절 방학 때 시골에 내려가면, 자다가 깨서 보면 어머니의 얘기가 계속되고, 또 자다가 깨서 보면 계속되고 하는 것이었습니다. 특히 풀지 못한 게 한이 되어서 가슴에 무언가가 생겨서 죽었다는 얘기라든가, 맺혔던 말을 풀어놓았을 때 행복해하던 모습 같은 게 잊히지 않습니다. 고향 마을로 시집온 지 얼마 안 된 여자들이 어머니에게 편지 대필을 부탁하는 일이 자주 있었습니다. 등잔불 밑에서 붓글씨로 그 여자들의 사연을 받아 적던 어머니 모습이 생각납니다. 물론, 그 여자들이 문장을 완성해서 부르는 건 아니었고, 엄마가 살을 많이 붙여 썼죠. 그런데, 어머니가 편지를 다 받아 적고 나서 마지막으로 읽어주면 그 여자들이 열이면 열 다 우는 거예요. 그걸 보면 엄마가 아주 잘난 것 같더라구요. 그런 모습에서 이야기의 힘을 느꼈습니다.

또하나, 엄마가 해준 이야기를 나중에 책으로 읽으면 재미가 없더라구요. 버전이 다르기도 했구요. 「심청전」 같은 경우에도 엄마 얘기에서는 심청이가 용궁에서 눈뜨는 약을 얻어 나와서는 심봉사만이 아니라, 맹인 잔치에 모인 다른 사람들도 다 눈을 뜨게 한다는 걸로 돼 있었습니다. 하긴, 그중에 한 사람만 눈을 뜬다면 다른 사람들 심정이 어떻겠어요? 아마도 그런 게 엄마의 휴머니즘이 아니었을까 생각합니다.

선생님의 소설은 거의가 당대의 이야기입니다. 시간적으로도 그렇고 공간적으로도 그렇습니다. 『미망』이 드물게 '역사소설'에 속한다고 할 수 있는데, 기껏해야 조선조 말 정도로 거슬러올라갈 뿐이고, 그것도 결국 한국전쟁기까지 이어집니다. 당대에서 멀리 떨어진 시간과 공간을 다룬 소설을 쓰고 싶다는 생각은 안 해보셨는지요?

ㅂ　'경험하지 않은 것은 못 쓴다'는 것이겠죠. 『미망』을 쓸 때도 고생을 많이 했습니다. 어떻게 살았는지가 눈에 그려져야 하는데, 안 되더라구요. 자료 부족을 절감했습니다. 어머니의 도움을 많이 받았어요. 남들은 역사소설을 어떻게 쓰는지 궁금해요. 나중에라도 역사소설을 한번 써볼까 생각은 하는데, 엄두가 나질 않습니다. 사소한 사실이나 고증이 틀렸다고 누가 뭐라 하지도 않을 텐데, 이상하죠. 가령 상계동 같은 동네를 쓴다면, 현지에 가서 몇 번 왔다갔다해야 잘 써지는 식입니다. 낯선 지방이나 나라를 잠깐 가보고도 잘 아는 것처럼 쓰는 사람들을 보면 희한하다는 생각이 듭니다. 저는 외국 도시에서 몇 달을 살기도 했지만, 그게 소설로 화하지는 않더군요. 살았다고는 해도 고립된 범위에서 움직이는 것이지, 정말로 산 것은 아니거든요.

요즘 젊은이들은 여행의 체험을 소설로 옮기는 경우가 잦습니다. 선생님 역시 여행을 무척 좋아하시고 즐겨 하시는 걸로 알고 있습니다. 그런데, 그런 경험이 소설로 연결되지는 않는 것 같습니다. 선생님에게 여행이란 무엇입니까?

ㅂ　여행을 가는 건 얽힌 문제로부터 무책임해지고 싶어서겠죠. 그

런데, 저는 사실 여행을 별로 좋아하질 않아요. (웃음) 떠나기로 하고 준비할 때, 그리고 정말로 길을 나서는 순간이나 좋지, 하루이틀 지나면 벌써 집으로 돌아갈 날짜를 꼽아보곤 합니다. 여행 다니는 걸 싫어하는 건 긴장이 되기 때문일 거예요. 내 집만큼 편하질 않고, 남들과 보조를 맞추어야 하는데다(저는 일찍 자고 일찍 일어나는 습관인데, 남들은 그렇지 않을 수 있죠), 남에게 폐를 끼치게 되지나 않을까 등등으로 긴장감이 생기죠. 저는 여행을 다닐 때 내가 핸들할 수 있는 정도의 짐만 들고 다닙니다. 역시 집이 제일 좋아요.

『미망』에서 되풀이 강조되는 것이 개성 상인들의 실질주의라 할 만한 것입니다. 겉치레와 허식을 거부하고, 실질을 중시한다는 것이죠. 그런 개성 사람의 기질이, 추상적 이념이나 관념에 대해 부정적인 선생님의 작가적 태도와 관계가 있다고 보아야 할까요?

ㅂ 『미망』에서 저는 좋은 의미의 자본주의에 대해 써보고 싶었습니다. 돈에도 인격이 있다는 것, 돈을 버는 데 피땀을 흘렸기 때문에 천격스럽게는 쓰지 않는다는 태도 같은 것 말이죠. 우리 근대 자본주의의 선구자들이라 할 개성 상인들의 나름의 풍속과 자부심 같은 걸 그리고 싶었습니다. 개성 기질에 대해서라면, 우리는 사실 토박이 개성 사람은 아닙니다. 반남 박씨는 양반 가문이었고, 할아버지까지만 해도 '우린 개성 사람이 아니다'라고 주장하셨을 정도입니다. 집안에 이렇다 할 벼슬아치가 없다는 점 때문

에 오히려 더하셨던 것 같아요. 반대로, 저나 오빠는 개성 사람이라는 데에 자부심을 지녔습니다.

개성 사람 특유의 '깔끔하고 도도한 주체성'(『미망』), 그리고 '영원한 문밖 의식'(「엄마의 말뚝 1」)의 영향이랄까 흔적은 어떨까요?

ㅂ 아마도 주류를 비켜난 위치에서 볼 수 있는 힘 같은 거겠죠. 자기 나름의 위치를 확보하고, 거기서 세상을 본단 말이죠. 문학의 본질이나 태도가 또한 그런 게 아닐까요?

등단 이전부터 따져서, 그리고 등단 이후 실제 활동기를 포함해서, 소설가로서 가장 큰 위기가 있었다면 언제였습니까?

ㅂ 다시는 소설을 쓰는 일이 없을 것이라 생각한 게 아들을 잃었을 때였습니다.

『휘청거리는 오후』나 『서 있는 여자』 등의 신문 연재소설을 두고 본격문학과 대중문학의 경계를 문제삼는 지적들이 있었습니다. 그에 대한 작가의 견해는 어떤 것입니까?

ㅂ 『휘청거리는 오후』는 제 첫 연재소설입니다. 등단 5년 만에 연재를 하게 됐는데, 너무 두려워하면서 썼습니다. 그렇지만, 신문소설의 틀에 구애받지는 않았어요. 세 번인가 신문 연재를 했는

데, 다시는 안 할 생각입니다. 쫓기는 느낌이 싫어요. 잡지 연재는 신문 연재보다는 융통성이 있죠. 분량도, 그때그때 형편에 따라 많이 쓸 수도 있고 적게 쓸 수도 있으니까요.

평론을 즐겨 찾아 읽는 편이신지요? 선생님을 평해놓은 글들에 대해 어떻게 생각하십니까? 또, 평론 일반에 대한 생각은 어떠십니까?

ㅂ 눈에 뜨이면 봅니다. 애써서 찾아보지는 않죠. 내 작품에 대해 쓴 것인데도 어려워서 모르겠는 경우도 있더군요. 재미있는 것은, 권위 있는 평론가가 한마디하면 다른 이들도 똑같이 되풀이한다는 것입니다. 소설에 대해서는 그렇게도 표절을 문제삼으면서 평론에 대해서는 왜 표절 얘기를 안 하는지 모르겠어요. 심지어는 한 평론가가 잘못 읽고 쓴 것을 그대로 되풀이하는 경우도 있습니다. 아예 작품을 안 읽고 쓴 것 같아요.

선생님의 소설을 읽을 때, 평론가들이 놓치거나 오해한 부분이 있다고 생각하십니까?

ㅂ 저더러 '페미니즘 작가'라고 하는 데 대해 말하고 싶습니다. 제가 여성문제를 다루어야겠다고 의식하고 쓴 건 『살아 있는 날의 시작』뿐이었습니다. 여성이 자주적으로 생각할 힘을 가진 존재라는 시각으로 여자를 그린 것은 아마도 제가 최초가 아닐까요. 그전에 남성 작가들이 그려놓은 여성상들과는 다르게 말이

죠. 정말 좋은 소설이라면 남자가 썼더라도 페미니즘 소설이라고 생각합니다. 여성도 똑같은 인간으로 그린다면 말이죠. 그런데, 많은 남성 작가들이 여성은 창녀가 아니면 성녀라는 식으로 그리더군요.

『그 산이 정말 거기 있었을까』 이후를 다룬 장편을 구상하고 계신지요?

ㅂ 써볼까 하는 생각은 있는데…… 다들 아는 사람들의 얘기라서, 살아 있는 사람들의 이야기를 한다는 게 부담스럽기도 해요. 『그 많던 싱아는 누가 다 먹었을까』와 『그 산이 정말 거기 있었을까』는 처음부터 소설적 가공을 가하지 않은, 자전적인 틀을 유지한다고 했던 게 부담이 됩니다.

아직 계속되고 있지만, 작가로서 지난 삶을 돌이켜보시면 행복하십니까?

ㅂ 쓰기를 잘했다 싶어요. 그렇죠. 쓰고 싶은 걸 못 쓰는 건 싫지만, 의욕이 과해도 안 좋아요. 체력에 맞게 써야죠. 체력과 비슷하게, 예쁘게 소멸했으면 좋겠어요. 쓰는 게 고통스럽지만, 쾌감도 있습니다. 또 그래야죠. 즐길 만큼만 쓰고 싶어요.

문학 또는 소설의 장래를 어떻게 보십니까? 낙관하시는지요?

ㅂ 저는 아직 행복한 축에 속합니다. 책이 안 팔린다고들 하죠. 저

는 이야기에 길들여진 세대입니다. 우리 세대는 이야기를 필요로 하는 부분이 있어요. 저는 저녁의 두 시간 가량은 습관적으로 텔레비전을 시청합니다. 7시 반에서 9시 반까지죠. 연속극을 즐겨 보는데, 아예 말이 안 돼서 혐오스러울 때도 있어요. 책 안 읽은 티가 나는 거예요. 그래도 습관은 버릴 수가 없어서 비디오를 빌려다 보기도 합니다. 소설이 이야기라는 의미로는 살아남을 거라고 봅니다. 저만이라도 종이책과 운명을 같이하고 싶어요. 요즘은 이메일이라는 걸 쓰는데, 이메일을 받고서도 답장을 보낼 때는 따로 편지로 보내곤 합니다. 물론 이메일로 보내면 훨씬 수월하고 시간도 단축되지만, 편지로 쓰는 게 더 공이 많이 들어가죠. 이 나이에 디지털이니 인터넷이니를 좇아가기보다는, 종이문명과 운명을 같이하고 싶은 생각입니다.

오랜 시간 성실하게 답변해주신 데 대해 감사드립니다.

『작가세계』 2000년 겨울호

ㅂ

우리에게 다녀가는 것들을 만나고 돌아온 봄날

김연수
소설가

아직 살구나무에 꽃이 피지 않았을 무렵, 아치울 마을에 있는 박완서 선생의 집으로 찾아갔다. 바티칸에서 열린 교황 요한 바오로 2세의 장례식에 정부 조문사절단으로 참석했던 선생이 막 돌아온 직후였다. 급박한 일정에 파리를 경유하는 장거리 비행 일정이었는데도 선생의 모습은 그다지 피곤해 보이지 않았다. "부시는 보셨나요?" 궁금함을 참지 못하고 대뜸 질문을 던지자, 선생은 그날 장례식이 얼마나 큰 규모로 벌어졌으며, 어떤 예법으로 진행됐는지 차근차근 설명했다. 선생의 목소리나 말투는 소설 속 주인공을 많이 닮아 있다. 그러니까 8년도 더 지난 일인데, 잡지사에 다닐 때 선생을 인터뷰한 적이 있었다. 아직은 아치울 마을에 시골 같은 정취가 남아 있을 때였다. 계절이 바뀌면 선생 댁 2층 작은 창으로 보이는 일몰이 어떻게 달라지는지 설명하는 말씀을 듣다가 혼자서 어쩐지 방학 맞아 시골집 내려온 여고생 같다는 생각을 했더랬다. '아유,

그게 말이지요'라든가, '뭐, 그냥'이라고 시작하는 것은 선생의 독특한 화법이다. 그러다가 웃음으로 이어지는 그 목소리는 여전했다.

지금 우리의 부채

이상하게 선생님 책은 병원에서 많이 읽게 됩니다. 어머니가 병원에 자주 가시는데, 작년에 또 입원하셨거든요. 그래서 병원 보호자 의자에서 『그 남자네 집』을 읽었습니다. 지금 쓰시는 글은 없으세요?

ㅂ　　네.

여전히 쓰시고 싶은 글은 있겠지요? 아니, 계속해서 쓰시고 싶으시겠죠?

ㅂ　　뭐, 그냥. 머릿속에 쓰고 싶은 게 있기는 하지만, 그걸 다 쓰겠어요? 나는 이제 긴 글은 구상을 안 해요.

단편만 쓰시게요?

ㅂ　　글쎄요. 단편만 쓰겠다는 게 아니라, 중편에서 장편 길이 정도 되는 소설을 몇 개 정도 구상하기는 합니다. 그런데 그걸 쓰겠다고 어떤 사람과 약속을 한다든지 하는 일은 없어요. 나 자신하고도 약속하지 않아요.

그래도 꼭 쓰고 싶다고 생각하는 글은 없을까요?

ㅂ　대강 다 울궈먹은 것 같네요. (웃음)

처음에 문예지에 『그 남자네 집』을 발표할 때는 단편보다는 조금 긴 중편이었죠?

ㅂ　아니, 120매 정도 되는 단편이었습니다. 그때 잡지사에 얘기하지는 않았는데, 다 써서 넘기고도 다 쓰지 못한 게 있는 것 같기도 하고 모자란 것 같기도 하고 그랬어요. 그전에 『엄마의 말뚝』을 쓸 때도 그랬어요. 그래서 연작으로 써볼까 마음먹었는데 『엄마의 말뚝』 때도 그렇고, 연작으로 쓰면 조금 느낌이 다르더라구요. 그래서 그냥 장편으로 만들었어요.

그때, 더 써야겠다고 하셨던 부분은 다 쓰셨나요?

ㅂ　네, 다 썼어요.

어느 부분이었나요?

ㅂ　그 남자에 대한 얘기를 다 하지 못한 것 같아서 그랬던 것도 있고, 또 사실 그 남자 얘기보다도 그 시대를 살았던 사람들에게 더 많은 애정이 갔기 때문에…… 사실은 그랬어요.

저는 선생님이 묘사하는 여자 주인공 같은 캐릭터는 절대로 쓸 수 없을 것 같습니다.

ㅂ　　어떤 게요?

예를 들면 그 여자의 마음 같은 것이죠. 저는 남자니까 여자의 마음을 그렇게 생생하게 그리지는 못하지요. 선생님이 여전히 젊으시구나, 하는 생각도 들었어요. 선생님하고 그 여자 주인공하고는 어떤 관계입니까?

ㅂ　　글쎄요. 이게 완전 허구냐, 작가 자신이냐 물어보는 게 제일 싫은데요.

그래도 자전적으로 계속 쓰시잖아요.

ㅂ　　저는 아주 경험 안 해본 것은 못 쓰겠어요. 하지만 이 소설에는 물론 제 얘기도 있고, 허구도 있지만 제가 애정을 가지고 쓴 것은 춘희 같은 주위 사람들이었습니다. 그 시대에는 그런 사람들이 아주 흔했어요. 우리가 그런 시대를 살아왔는데, 요즘 사람들은 그걸 너무 몰라요. 양갈보다 하지만, 그때는 양갓집 처녀에게도 흔히 있을 수 있는 일이었어요. 옛날 영화 중에 〈애수〉라는 게 있는데, 그 영화 보고 펑펑 울었어요. 약혼자가 떠나가고 난 뒤에 여자 주인공이 먹을 게 없어서 매춘하고 그러는데, 피난 가

지 못하고 서울에 남아 있을 때, 그런 경우가 없었다고 할 수 없거든요. 한국 여자들이 식구를 위해서 희생정신이 아주 강해요. 여러 남매의 장녀라고 하면 더 심하죠. 내일이 없는 세상에서는 그런 일들도 일어나는 것인데, 환도한 뒤에는 사람의 이목도 생각하게 되고 내일도 있으니까, 그때는 여자들이 버스 차장이나 식모살이를 많이 했죠. 우리집도 부자는 아닌데 시골에서 온 애들을 밥만 먹이는 조건으로 식모로 뒀어요. 그렇게 밥 먹는 것 이상이 필요하면 버스 차장으로, 그다음에는 공장으로 이렇게 나간 거죠. 우리가 이렇게 굶어죽지 않고 살아남아서 경제발전을 이루기까지 그 여자들의 싼 노동력에 빚진 게 많습니다. 그런 얘기를 나는 자꾸자꾸 하고 싶어요.

그렇다면 이 소설은 그 남자의 집 근처에 있는 여자들의 얘기랄 수도 있네요.

ㅂ 그 시대의 여자죠. 그 시대, 열다섯에서 스물 사이의 여자들이 가족의 보호를 받기는커녕, 그 가족을 책임져야만 했던 시대. 어떤 가톨릭 계통의 단체에서 이 소설을 같이 읽은 적이 있었는데, 어느 신부님이 분개를 하시더래요. 주인공 여자가 바로 작가일 텐데, 자기는 아주 깨끗하게 살아남았고 다른 사람들은 다 어쨌다는 소리냐 하시면서.

그건 좀 부담스런 말씀이네요.

ㅂ 그게 간발의 차이라는 것이지, 내가 뭐 잘났다는 게 아니죠. 나도 능히 그럴 수 있었고요. 소설에서 아주 공리적인 결혼을 하는 것, 그것도 마찬가지예요. 그런 선택은 지금도 얼마든지 있을 수 있습니다. 내가 그 소설에서 반성하는 말을 새에 비유하고 그랬어요. 새대가리라고(그래, 그때 난 새대가리였구나. 그게 내가 벼락치듯 깨달은 정답이었다. 『그 남자네 집』, 101쪽). 중요한 것은 우선 결혼해서 가정을 이루는 것이었죠. 그래서 가정을 책임질 수 없는 연애와 결혼을 분리하게 되죠. 물론 스스로 능력이 있다면 모르겠지만, 지금처럼 그러지 못할 때는 우선 결혼해서 애를 낳아야 한다는 사실을 피할 수가 없어요. 그전에 다른 곳에도 썼는데, 결혼을 위해서 순결을 지킨다는 것, 지금 같으면 나도 안 그럴 수 있을 것 같아요. 옛날에 순결을 지킨다고 하는 건 남자들의 환상처럼 남편에게 순결을 바친다, 이런 게 아니었어요. 그 시절에는 누구하고 잔다고 하면 애를 갖는 일을 피할 수 없으니까 무서웠던 것이죠. 피임에 대해서 아무것도 모르던 시대가 있었어요. 지금 남자들이나 여자들은 전혀 상상할 수 없을 거예요. 우리집처럼 돈은 많지 않아도 체면을 중시하는 집에서는 만약에 딸이 그러면 나가 죽으라고 말할 정도였어요. 그렇기 때문에 남

자들에게 몸을 사리는 게 몸에 배는 겁니다. 결혼할 남자라면 가정을 이뤄 낳은 애를 보호해서 어른으로 키울 수 있는 그런 남자를 생각하는 것이죠. 사실 첫사랑이라는 게 평생 오랫동안 지배적으로 가는 것도 아니에요. 사실 소설에서도 아주 범속한 생활이 계속되는데, 그 남자가 아프다, 그런데도 그 여자를 첫사랑이라고 말한다, 하니까 첫사랑에 황홀한 감정을 느끼는 것이죠. 왜 여태까지 첫사랑에 대해 작가들이나 예술가들이 만들어놓은 환상이 있잖아요. 그런 식으로 스쳐가는 게 많잖아요. 학교 선생님에게 그런 감정을 품을 수도 있고. 그런 상황에서 그 남자가 내 첫사랑이라고 말했으니까 갑자기 신화적으로 되는 것이죠. 자신의 따분한 결혼생활에서 빠져나갈 수 있다는 환상을 가졌는데, 그게 아니다. 뭐, 그런 현실적인 이야기지요.

문학작품을 읽을 때는 그런 환상을 원하는 사람들이 많지 않습니까? 그런데 너무 현실적으로 쓰신 것 아닙니까? 물론 둘이서 소풍도 가긴 하지만. 환상은 깨지는 것이고 그때 남자를 사귄다고 하면 가족을 이루는 것이다. 그렇다면 연애는 없었나요?

ㅂ 왜 없어요? 그렇다고 꼭 그런 남자와 연애하라는 법은 없잖아요? 저도 연애결혼했다는 말을 들었는데. 그런 일도 있었다는 얘기죠.

선생님이 꼭 쓰시고 싶었던 연애소설이다, 이런 말도 나오는데 맞습니까?

ㅂ 저도 물론 현대를 배경으로 하는 연애소설을 쓰고 싶었어요. 그런데 연애감정 같은 것은 얼마든지 이해가 되는데, 노는 마당이나 소도구가 잘 안 돼요. 그래서 노는 마당을 옛날로 하게 되더라구요. 나는 연애소설이든 아니든 노는 마당이 익숙하지 않으면 소설을 써나갈 수가 없어요.

마지막 대답을 하기 전에 선생은 오랫동안 침묵을 지켰다. 작가에게는 '노는 마당'이 가장 중요하다. 노는 마당이 익숙하지 않으면 소설을 써나갈 수가 없다. 이 말이 내게는 왠지 화두처럼 느껴졌다. 그렇다면 선생과 나의 '노는 마당'은 얼마나 다른 것일까, 또 얼마나 같은 것일까?

저 같은 경우에는 뭐랄까, 표현하고 싶은 게 있어서 글을 쓰기 시작했습니다. 딱히 남들과 다른 경험이 있었던 것도 아니었죠. 책을 좋아해서 책을 읽다보니까 뭔가 쓰고 싶어지기 시작했다는 뜻입니다. 선생님이 글을 쓰기 시작했을 때, 그때의 첫 마음은 어떤 것이었습니까?

ㅂ 저도 그냥 읽는 것을 좋아했죠. 그렇다면 습작을 얼마나 했느냐는 질문이 나올 텐데, 습작을 안 했다고 말하면 잘난 척한다고 할지 모르겠지만, 습작 같은 것은 전혀 안 했어요. 편지질도 하지 않았고 일기도 쓰지 않았어요. 요새는 일기를 씁니다. 하도 일어난 일들을 잊어버리는 일이 많아서 일기를 쓰는데, 쓰더라도 내가 하는 생각 같은 것을 쓰는 것은 아니고 만난 사람, 일어난 일 같은 것을 써놓습니다. 그전까지는 이런 일은 전혀 하지

않았어요. 가계부도 쓰지 않았습니다. 그런데 읽는 것은 좋아했어요. 지금도 읽을거리가 없으면 허전하고 몸이 싫어하는 것을 느낍니다. 소설 쓰다가보면 안 써질 때가 많잖아요. 억지로라도 다 쓰고 나면 너무 좋을 것 같은데도, 그게 또 그렇지 않아요. 그 전에 대림아파트 살 때인가, 전혀 글을 쓰고 싶지 않았는데도 무심결에 쓰겠다고 했어요. 그런데 잘 써지지 않는 거예요. 그래서 억지로 써서 보내고 나면 날아갈 줄 알았는데, 그렇지도 않더라구요. 라디오를 크게 틀어놓고 큰 소리로 악을 썼어요. 소설 보내고 나면 뭉친 게 풀릴 줄 알았는데, 그게 그렇게 되지 않아서요. 쓰는 일이야, 뭐 힘들지요.

저는 쓰기 싫을 때는요, 밤중에 음악을 틀어놓고 혼자서 춤을 춰요. 좋아서 추는 춤도 아니고, 어쨌든 써야만 하니까.

ㅂ 여름옷을 겨울옷과 바꿔놓는다든지 찬장 위에 있는 접시를 꺼내서 닦다가 다시 넣는다든지. 저 앞에 마당이 있는데, 저만 해도 가꾸는 게 힘들어요. 그래서 아침에 호미 들고 나가서 일하는데, 일하는 동안에는 휴식도 되고 머리도 잘 돌아요. 꽉 막혀서 대책 없던 게 대책이 생겨요. 난 몸 움직이는 것, 가사노동이라고 부르는 일이라든가 농사라고 부르는 일이라든가, 머리를 쓰지 않는 그런 일을 좋아해요. 마음이 가라앉고 헝클어진 것들이 풀어져요. 그게 축복인 것 같아요.

선생님께 들은 말씀 중 제일 감명 깊었던 게 그 비슷한 얘기였습니다. 소설을 쓰는 일은 노동하는 일과 비슷하다, 그렇다면 오래해왔다면 손에 익어야만 하는데 아직도 손에 익지 않는구나. 지금도 그러신가요?

소설이란 내가 한 세계를 만들어내는 것

ㅂ　그럼요. 소설 쓸 때는 특히 그렇죠. 소설이란 내가 한 세계를 만들어내는 것인데, 그 세계가 바로 나를 받아들여준다면 그게 재미가 없을 거예요. 힘껏 두들겨서 간신히 들어가는데 그게 잘 되지 않죠. 스토리가 다 짜여졌다고 쳐요. 아까도 연애소설 얘기했지만, 주인공의 성격과 외모를 다 만들었다고 해도 그 사람이 노는 무대가 있어야만 하잖아요. 그게 내게 아주 익숙해지지 않으면 안 써져요. 내가 구상한 세계니까 빤히 들여다보이는 것 같지만, 막상 들어가려고 하면 단단한 껍질을 둘러친 것 같아요. 그걸 간신히 뚫고 들어가는 것인데, 그런 일이 쉽게 이뤄질 리가 없죠. 『그 남자네 집』도 내가 살던 그 시절의 동네를 무대로 한 것이죠. 지금 살고 있는 시대보다는 그 시대가 주인공들을 하여금 놀게 하기가 편하더라구요. 이 시대는 속도를 따라가기가 버거워요. 내가 컴퓨터를 일찍 받아들였다고 말하지만, 그건 볼펜 쓰다가 만년필로 바꾸는 일과 비슷해요. 컴퓨터의 속도를 받아들인 것은 아니니까.

『그 남자네 집』에서도 옛날 동네를 다시 찾아가는 장면이 인상적이에요. 그 소설의 배경이 서울이어서 그렇기도 하겠지만, 선생님은 그런 공간을 정확하게 묘사하려는 것 같습니다.

ㅂ 2000년대를 배경으로 가난한 사람들에 대한 얘기를 쓴다고 쳐요. 그럼 그런 사람들이 어디에 얼마만큼 사는지, 그런 정보만 가지고는 소설이 써지지가 않아요. 그 동네 가서 몇 번 둘러보면서 여기에는 무슨 가게가 있고 여기에는 무슨 나무가 있고, 하면서 살펴봐야만 해요. 그걸 사실적으로 쓰려는 게 아니고, 다만 그 동네만의 분위기가 내게 사실적으로 다가오기 전까지는 소설을 쓰지 못한다는 뜻이죠. 시대도 마찬가지로 그 배경이 내게 충분히 익숙해져야만 쓸 수 있어요.

그렇다면 선생님의 주인공은 시간과 공간이 서로 긴밀하게 연결된 인물들이 되는 셈이군요.

ㅂ 그렇죠. 물론 자신의 시대와 동떨어져 사는 사람을 그릴 수는 있겠지만, 그래도 어떤 식으로든 그 시대와 연관은 있을 것 같아요.

선생님이 생각하시는 '인간'도 그렇습니까?

ㅂ 그렇죠. 시대와 담을 쌓고 사는 기인을 그릴 수도 있지만, 그 사람에게도 자기와 익숙한 공간이 있잖아요.

저는 저런 살구나무 같은 게 없으면 어떤 사람이 살아나지 않는다고 생각해요. 추상적으로 그냥 살았다고 하면 말이죠. 선생님도 지도 보는 것 좋아하세요?

ㅂ　　네.

저 같은 경우에는 제일 중요한 게 디테일이라고 생각합니다. 사람의 성격을 만들 수는 있지만, 그 성격은 거의 다 디테일로 표현하려고 합니다. 그게 제게는 지도예요. 사방 방위를 다 파악해야만 하고 그다음에는 고개를 돌려 골목 같은 것을 다 본 뒤에야 그 사람의 성격이 드러나는 것이죠. 그래서 『그 남자네 집』에서 집을 찾아가는 장면이 제게는 인상적이었습니다.

고향 개성의 숲

개성에는 다녀오셨죠?

ㅂ　　뭐, 저기. 개성공단.

이번에 다녀오신 거죠?

ㅂ　　키친아트인가 하는 공장 준공식이 있은 뒤에 두번째로 갈 때 갔

어요. 소설가 심상대씨가 먼저 다녀오더니 선죽교도 가봤다면서 고구마하고 선죽교 그림 같은 것을 갖다줬어요. 그다음에 한국일보 장명수 사장이 개성 시내 들어가볼 수 있다고 해서 갔지요. 그랬더니 이번에는 안 들여보내주더라구요.

공단에만 계셨군요?

ㅂ 그 공단 있는 데가 봉덕면 쪽 같아요. 그래서 잘 아는 동네이긴 하지만, 우리 동네와는 전혀 다른 곳이죠. 면 동네가 아닌데도 다른 곳이니까 어디가 어딘지 잘 모르겠더라구요. 게다가 여기도 마찬가지지만 몇백만 평이 된다고 하는데 워낙 다 밀어놓아서. 개성 시내는 들어가지 못하고 넓은 공단에만 있는데, 겨울이고 춥고 하니까 괜히 갔다 싶었죠. 개성도 예전 같지 않다고 하더라구요. 지난번에 '생명의 숲'이라는 심포지엄에 참가해달라는 부탁을 받고 〈유년의 숲 노년의 숲〉이라는 걸 발표하기도 했는데, 어릴 적에 보면 개성 사람들이 참 숲을 잘 가꿔요. 집집마다 청솔가지처럼 꺾은 나뭇가지를 조금씩 섞어서 갈잎 난가리로 해서 쌓아놓지, 절대로 나무를 안 베요. 그래서 저도 울창한 산골에서 자랐어요. 송학산도 소나무가 많은 산이지만, 음식점 이름으로도 쓰이는 용수산에도 나무가 많았어요. 개성 시내를 가운데 두고 송학산은 개성 북쪽에 있고 용수산은 남쪽에 있는 산이에요. 우리집에서 용수산 농바위 고개를 넘어가면 개성 시내가 나왔죠. 제가 서울에 오느라고 처음 농바위 고개를 넘던 기억

이 생생해요. 그 고갯길이 굉장히 가파른데, 양쪽에 나무가 너무 많아서 고개 위에서 바라보면 나무 사이로 개성 시내가 터널처럼 보여요. 그런데 개성공단도 그렇고, 지금은 나무가 많지 않더라구요.

개성 사람들은 만나셨나요?

ㅂ 남한에 응원단으로 온 아가씨들처럼 예쁘게 한복 차려입은 아가씨들과 점심을 먹었어요. 텔레비전에서 본 대로 노래도 불러주고 하더라구요. 나는 서울에서 숙명에 다니다가 일제 말기에는 소개한다고 해서 개성으로 내려가 호수돈고녀를 다녔거든요. 기독교 계통으로 학생들이 이화여대로 많이 진학하고 그러던 학교였는데, 그 이름이 서양 이름이었는지 일제 말기에는 명덕고녀로 바뀌었어요. 그러다가 해방되니까 다시 호수돈으로 돌아갔는데, 어쨌든 아가씨들이 개성에서 고등학교를 나왔다고 하기에 호수돈이냐 명덕이냐 물어봐도 모른다고 하더라구요. 어떻게 생긴 학교였다고 설명해도 자기들은 모른대요.

평양처럼 개성도 폭격을 많이 받았나요?

ㅂ 아니에요. 시내에 들어가지는 못했지만, 개성에는 그래도 옛날 집이 많이 남아 있다고 하더라구요. 개성은 집집마다 앞으로 개천이 흘러다녀요. 그걸 우리는 나까줄이라고 불렀는데, 나는 속

으로 베니스가 아마 그럴 것이라고 생각했어요. 북한에서도 개성의 좋은 기와집들은 그대로 보존해서 외국 사람들 올 때 묵게 하고 그랬다고 하네요.

평양 아가씨들 말투와 지금 남한에 살아 계신 북한 출신분들 말투가 꽤 다르더라구요. 그게 개성말이나 평양말은 아닌 거죠? 새로 만든 표준말이죠?

ㅂ 그렇죠.

그 시절의 개성은 아마도 선생의 소설에만 남게 된 것인지도 모른다. 소설을 읽다보면 갑자기 코끝이 찡해지고 애틋한 마음이 들 때가 있는데, 그 소설에서 다루는 현실이 이제 이 세상 어디에도 없다는 사실을 깨달을 때다. 소설가란 숙명적으로 그런 것들을 기록해야만 하는 사람들일지도 모른다. 선생의 작품이 주는 감동도 바로 거기서 시작할 것이다. 우리는 모두 그런 순간들을 경험할 수밖에 없을 테니까. 아름다웠던 모든 것들이 이제 더이상 존재하지 않는다고 알게 되는 순간 말이다. 모든 독서의 체험은 그게 얼마나 절망적인 현실인 동시에 매혹적인 환상인지 깨닫는 순간에 비롯할 것이다.

새로운 소설은 위대한 것에 대한 충격 다음에

요즘은 무슨 책을 읽으세요?

ㅂ 샨사의 『측천무후』를 읽고 있습니다.

요즘도 책을 많이 읽으시죠? 심사 때문에라도 젊은 작가들 책을 읽으셔야 할 텐데, 어떠신가요?

ㅂ 글쎄요, 이건 나한테 안 맞는 작업이다 싶어요. 새롭고 실험적인 작품들은 좋다고 하는데도 따라 읽기가 힘들죠. 그런 책을 읽으면 이런 소설을 쓰는 사람들은 우리 소설을 읽을 때 얼마나 진부하게 느낄까 그런 생각도 들고, 우리 세대가 이 사람한테는 아무런 영향도 못 미쳤구나, 하는 생각도 들어요. 새로워도 이해되는 작가가 있는가 하면, 이게 내 자식인가 하는 생각이 드는 작가도 있죠. 물론 한국문학이 자꾸만 새로워져야만 한다고는 생각하지만, 인체로 치자면 저와는 DNA가 완전히 다른 것처럼 느껴지는 작품도 있어요. 그런 작품 중에서 잘 읽히는 게 있으면 고마워요. 하지만 더이상 읽히지 않으면 이제 내가 진부한 인간이 됐구나, 그런 생각이 들죠.

그거 큰일이네요. (일동 웃음) 책 좋아하시는 선생님에게 읽히지가 않는다면 말이죠.

ㅂ 새로운 소설을 쓰는 것도 명작을 거쳐서 새로운 소설을 쓴다면 좋다고 생각해요. 그런데 전혀 그런 과정을 안 거치고 말재주만 가지고 쓴다면 문제죠. 예전에는 아주 어려운 소설도 안 읽으면 남들이 말하는데 끼어들지도 못하고 하니까 읽었어요. 그렇게 읽은 소설은 그때 받은 충격이 있기 때문에 나중에 읽어도 좋고 글을 보는 안목도 생기죠. 그런 거대한 산맥을 거치고 나면 자기 작품에 대해 겸손해져요. 내가 아무것도 아니라는 걸 느끼게 되죠. 아무것도 아닌 것을 가지고 굉장한 것으로 아는 사람, 자기 것만 제일로 아는 사람, 이런 사람들은 정말 위대한 것에서 받은 충격이 없으니까 그러는 것이죠. 그래서 자기가 어떤 사람인지 알기 위해서도 꼭 그런 과정을 거쳐야만 할 것 같아요.

선생님 소설에 대한 젊은 독자들의 반응은 어떤가요?

ㅂ 국정교과서 개정하면서 제 소설 중에 『그 남자네 집』이 고등학교 1학년 교과서에서 제일 먼저 나옵니다. 동인지에 쓴 소설인데, 그야말로 쉽게 쓴 소설이에요. 이 소설 때문에 새로운 독자를 많이 얻었다고 생각해서 거기까지는 좋죠. 그 소설을 읽은 아이들이 나를 알아보고 『그 남자네 집』도 사 봤다고 하니까. 내 소설이 재미있다고 하는 젊은 독자들을 얻었으니까. 그런데 그 소설로 참고서를 만든다고 하니까 소설을 또 얼마나 어렵게 만들었을까, 하는 생각이 들어요. 나는 문학교육이란 읽고 즐기는 것이라고 생각하지, 그걸로 여러 개의 시험문제를 만들어낼 것

이라고 생각하면 겁이 나요. 예전에 김춘수 선생에게서 들은 말인데, 교과서에 실린 자기 시를 가지고 만든 문제를 풀었더니 40점밖에 못 받았대요. 그 소설 실릴 때, 국어 선생님 두 분에게서 전화를 받았어요. 참고서를 만들기 전이었는데, 저한테 물어보는 게 이게 수필적 소설이냐, 어떤 적的 소설이냐는 거예요. 소설이면 소설인 줄 알았지, 나는 모르겠다고 그랬죠.

만연체냐, 간결체냐 등등등.

ㅂ 그렇죠. 어렵게 만들어야지, 고등학생에게 합당한 시험문제를 낼 게 아니겠어요? 나는 중졸, 요즘에는 중졸이 거의 없으니까 고졸이면 다 이해할 수 있어야만 한다고 생각해요. 그런데 대학입학시험에 나오려면 그 정도로는 안 되는 거죠. 우리 때는 일부러라도 어려운 소설을 읽으려고 했었어요. 그것도 그런 때가 있었지요. 이십대 전쟁통에 외부와 단절된 세계 속에 있으면서 읽었으니까. 책을 읽을 때 입시나 그런 것에 너무 시달리지도 않았어요. 글을 쓴 것도 내가 좀 심심했을 때였구요. 하지만 요새는 재미있는 게 너무 많잖아요. 그리고 한참 읽어야 할 시기에 해야 할 공부도 너무 많고. 그냥 재미로 읽는 책에도 얼마나 재미있는 것들이 많아요. 나 같은 경우에는 학교 다닐 때 『바람과 함께 사라지다』를 뺏어서 읽었는데, 어떻게 사람이 이렇게 재미있게 쓸까, 그런 생각을 했어요. 조금 더 거슬러올라가면 『레미제라블』도 몇 권씩 되는 걸 아주 재미있게 읽었죠. 탐정소설을 읽는 것

갈더라구요. 프랑스혁명이나 파리의 미로 같은 하수도도 엿보고. 물론 위고가 위대한 작가지만, 내가 흥미 있게 좇아간 것은 통속적인 재미였어요. 『몽테크리스토 백작』 같은 책도 그렇고. 그런데 요새 애들이 재미있어할 것은 얼마나 많아요.

그런 것에 비하자면 한국소설은 너무 재미없게 쓰려는 경향이 많지 않나요? 재미를 좀 꺼리는 느낌도 듭니다.

ㅂ 재미있는 것은 통속, 재미없는 것은 순수. 사실 소설은 대중들을 위해서 발생한 것 아니에요? 대설이 아닌 소설이라는 것만 봐도 그렇고.

어떨 때는 가독성 자체를 통속으로 보기도 하죠. 문장이 길어지는 이유도 그 때문인 것 같구요. 프랑스 소설 같은 경우에는 묘사도 길지 않고 바로 넘어가는데, 우리는 점점 길어지는 게 가독성이 통속이라는 시각 때문이 아닐까 싶기도 하네요. 마지막으로 한마디만 여쭙겠습니다. 제게 해주시고 싶은 말씀은 없으세요?

ㅂ 내가 언제 한번 만나면 얘기하려고 했어요. 이건 쓰지 말아요.

그러므로 여기까지만. 주로 듣는 입장이지만, 박완서 선생과 얘기하는 일은 언제나 즐거운 경험이다. 녹음된 대화의 반 정도는 웃음소리로 채워졌다. 사실은 아치울 마을의 봄이 보고 싶어서 선생을 뵈러 가겠다고 말씀드렸다. 그때만 해도 목련만 꽃을 피웠을 뿐, 다른 나무들은 잠잠했었다. 생각보다 더디 오는 봄이 조금 야속했다. 하지만 지금쯤은 그곳으로도 여러 꽃들이 다녀갔겠다. 많은 말들을 했지만, 더디 오던 봄날, 선생과 마주앉아 말씀을 듣다가 가끔씩 창밖을 쳐다본 기억만 또렷하다. 그 기억을 떠올리면 내 마음으로도 다녀가는 것들이 여럿 있다. 그렇게 다녀가는 것들이 아마도 내가 '노는 마당'일 것이다. 그러므로 내게는 잘 놀다가 돌아온 봄날이었다.

〈문장 웹진〉, 2005년

ㅂ

어떤 하루

정이현

소설가

2007년 10월 15일. 녹음기는 준비하지 않기로 한다. 가방 깊숙이 노트와 볼펜을 집어넣긴 했지만, 그것을 꺼낼 순간이 오지 않으리라는 것을 예감하고 있었다. '인터뷰'라는 이름은 어쩌면 구실일 뿐, 나는 선생님을 뵙고 싶었다. 9년 만의 소설집 『친절한 복희씨』가 출간된 바로 그날이다. 누구보다 먼저 축하인사를 드리고 싶었다.

함께 간 출판사 직원이 초판 1쇄본 몇 권을 선생님께 전달한다. 실물로는 처음 받아보신 『친절한 복희씨』다. 표지를 가만 들여다보는 한 작가의 표정을 나는 훔쳐본다. 이것이 선생님의 몇번째 책인지 헤아려보려다 그만둔다. 그것이 몇번째 책이든, 막 인쇄되어 나온 자신의 새책을 받아든 소설가의 복잡한 기분은 비슷할 것이다. 온전한 또하나의 세계. 스스로 만들어낸 그 세계와 정면으로 맞닥뜨리는 순간의 실감은 아무리 시간이 흘러도 쉬 익숙해지지 않는 종류의 것이리라.

영광스럽게도, 선생님이 내게 첫번째 사인을 해주신다. '정이현님, 2007년 가을, 박완서' 조금은 흘려 쓴 글씨. 소설 쓰는 사람이 된 뒤, 이런저런 믿어지지 않는 일들이 일어나곤 한다. 재작년 겨울 현대문학상을 타게 되었을 때, 심사위원 명단에 선생님의 성함이 있다는 걸 알았던 순간도 그랬다. 수상에 대한 기쁨보다 먼저 찾아왔던 건 놀라움이었다. '세상에, 그분이 내 소설을 읽고 계셨단 말인가!' 이내 부끄러워졌다. 설익은 글을 함부로 내놓지 말아야겠다고 새삼 다짐했다. 선생님을 뵈면 아직도 부끄럽다. 흐리멍덩했던 정신이 환해진다.

지난 봄날이 떠오른다. 아치울 마을을 찾아뵙는 일행에 끼게 되었다. 봄꽃들이 무더기로 만개한 시절이었다.

> 그렇게 여러 가지 꽃나무가 있는 줄은 몰랐다. 향기 짙은 흰 라일락을 비롯해서 보랏빛 아이리스, 불꽃 같은 영산홍, 간드러지게 요염한 유도화, 홍등가의 등불 같은 석류꽃, 숨가쁜 치자꽃, 그런 것들이 불온한 열정—화냥기처럼 걷잡을 수 없이 분출했다. (「그 남자네 집」, 『친절한 복희씨』)

정원에 흐드러지게 핀 꽃들의 이름이 무엇인지 나는 알 수 없었다. 거실의 커다란 유리창 안으로 쏟아져들어온 그 눈부신 봄빛에 정신을 차릴 수가 없었다는 것만은 기억난다. 그것은 강렬한 매혹의 느낌이었다.

점심식사를 하러 나가기 전에 선생님은 차를 한잔 내주셨다. 언젠가 '나는 날 때부터 도시인이었다'는 문장을 쓴 적이 있다. 잔잔한 꽃잎이 그려진 찻잔 앞에서 불현듯 그 문장이 떠올랐다. 박완서 선생님은, 한참 아래의 후배들에게 쉽게 말을 놓는 분이 아니었다. 이름 뒤에 꼬박꼬박 '-씨'라는 의존명사를 붙이셨다. 선생님이 조금 카랑카랑하고 가느다란 그 목소리로 '정이현씨'라고 부르실 때, 나는 본능적인 편안함을 느꼈다. 깍듯하고 정갈한 태도, 품위 있는 거리감은 상대방과 자신에 대한 예의에서 나온다. 어떤 식으로든 세상에 폐를 끼치고 싶어하지 않는 깔끔한 성품을 본받고 싶다고 생각했다. 나처럼 제멋대로인 인간에게, 진심으로 닮고 싶은 어른이 생기다니.

한 번이라도 지척에서 뵌 사람이라면 누구나 인정하겠지만 선생님은 반짝반짝 빛나는 분이다. 정말로, 모르는 게 없으시다. 세상 돌아가는 사정, 예술영화 전용극장에서 개봉중인 제3세계 영화, 인기 있는 텔레비전 드라마의 주인공 이름까지 속속들이 꿰고 계신다. 어떤 화제도 그냥 넘어가는 법이 없다. 그 아름답던 봄날, 선생님은 스페니시 옐로라는 집 외벽 색깔의 이름을 가르쳐주셨고, 날이 더워지기 전에 마당에 바비큐를 하러 오라는 말씀도 하셨다. 올가을께 책을 묶었으면 하는, 동행했던 출판사 직원에겐 좀 망설이시다가, 그렇게 해보자는 대답도 하셨다.

봄꽃들이 떨어지고 여름이 깊어가는 동안 내가 무얼 했던가. 소설집이 나왔고, 이런저런 자리에서 내 소설에 대해 떠들고 다녀야만 했고, 흐릿한 무기력에 빠져 있었다. 새 장편연재를 시작하겠다는 약속은 지켜지지 못했고, 나는 더이상 소설을 한 줄도 쓰지 못하는 사람이 된 게 아닐까 하는 은밀한 뒤숭숭함 속에서 몸을 떨었다. 그리고 가을의 한가운데 아치울의 노란 집을 향해 달려가면서, 내가 그곳을 마음 깊은 데 담아두고 있었음을 알았다.

빳빳한 새책에 사인을 받은 뒤, 책장을 천천히 넘겨본다. 이미 문예지를 통해 읽었던 소설들이 대부분이다. 우연히 받아든 문예지의 목차에 선생님의 새 단편이 실려 있으면, 당연히, 가장 먼저 읽곤 했다. 누군들 그렇지 않을까. 아껴 읽으면서 많이 웃고 오래 감동했으며 또한 고백컨대, 맹렬히 질투했다.

"선생님, 소설 하나하나가 다 재미있었어요." 이렇게밖에 표현하지 못하는 말솜씨가 원망스럽다. 선생님이 고개를 끄덕이신다.

"나는 쓰면서 내가 재미있지 않으면 못 쓰는걸."

망치로 뒤통수를 한 대 얻어맞은 듯했다. 나는 왜 문학이 고통의 다른 이름이라고만 여겨왔을까. 낡은 빨랫감 쥐어짜듯 영혼을 사정없이 비틀어 짜려고만 들었을까.

> 웃을 일이 없어서 내가 나를 웃기려고 쓴 것들이 대부분이다. 나를 위로해준 것들이 독자들에게도 위로가 되었으면 좋겠다. (작가의 말, 『친절한 복희씨』)

> 내가 아직도 소설을 위한 권위 있고 엄숙한 정의를 못 얻어 가진 것도 '소설은 이야기다'라는 단순하고 소박한 생각이 뿌리깊기 때문인지도 모르겠다. 뛰어난 이야기꾼이고 싶다. 남이야 소설에도 효능이 있다는 걸 의심하건 비웃건 나는 나의 이야기에 옛날 우리 어머니가 당신의 이야기에 거셨던 것 같은 다양한 효능의 꿈을 걸겠다. (「나에게 소설은 무엇인가」, 『박완서 문학앨범』)

우리는 차를 타고 구리시 수석동의 한정식집으로 이동한다. 봄에 함께 갔던 그 집이다. 나는 지난봄보다 조금 더 편안하게 수다를 떤다. 일행들과, 술도 한 병 나누어 마신다. 과실주가 유난히 향긋하다. 그렇다. 오늘은 한 작가의 새책이 지상에 나온 날이다. 명실상부한 우리 시대 최고의 소설가. 살아 있는 신화. 옆 테이블의 주부들이 소곤대는 소리가 들린다. "어머, 박완서 선생님이야." 선생님, 이라는 단어를 힘주어 발음한다. 괜히 내 어깨가 으쓱해진다.

선생님이 유달리 그 식당을 좋아하시는 이유는 널따란 정원 때문일 것이다. 파라솔 의자에 앉으면 바로 옆에 거짓말처럼 한강이 깊고 그윽하게 흘러간다. 강물 안에 구름들이 둥둥 떠간다. 구름의 흰 무늬들을 바라보며 커피와 아이스크림을 먹는 맛이 각별하다.

선생님은 편집자에게 수고했다고 말씀하시면서 술 한잔 가득 따라주신다. 작품집을 묶을 때의 뒷이야기가 자연스럽게 흘러나온다. 원래 표제작으로 마음에 담고 계셨던 건 '대범한 밥상'이었는데, 거리에만 나서면 '**밥상'이라는 간판의 식당들이 눈에 뜨이셨다고 한다. 완벽주의가 드러나는 대목이다. '친절한 금자씨'가 연상되는 '친절한 복희씨'라는 제목을 붙이면서 선생님은, 어쩌면 이 세상에 떠돌아다니는 '친철함'이라는 가치에 대해 새롭게 정의 내리고 싶으셨는지도 모른다.

막 출간된 소설의 세부에 관한 이야기는 하지 않으신다. 세상의 모든 소설가들이 그렇듯이. 그것은 어떤 쑥스러움 때문이기도 하고 어떤 염결성 때문이기도 하리라. 선생님은 지하철 갈아타고 광화문 시네큐브에 영화 보러 다니는 얘기를 하시고, 미장원의 새로 바뀐 담당 미용사 얘기도 하신다. 선생님이 평소 좋아한다고 공언하시는 남자 배우들—조인

성과 비, 주진모 등도 차례로 화제에 오른다. "그럼 〈미녀는 괴로워〉를 꼭 보셔야 해요. 주진모가 얼마나 섹시하게 나오는지 몰라요." 나는 호들갑스레 정보를 전해드린다. "어머, 정말? 꼭 봐야겠어요." 선생님이 호호 웃으신다.

죽어도 쓰지 못할 것 같은 순간에, 선생님은 어떻게 하셨어요?

그것은 40년 동안 소설을 써오신 분 앞에서 감히 입 밖에 내놓을 문장이 아니다. 두런두런 편안하고 고요한 오후다. 맑았던 하늘이 조금씩 흐려져갔지만, 여름부터 잔뜩 오그라들었던 내 마음이 서서히 밝아지고 있다는 걸 남몰래 나만 눈치채고 있다. 우리는 카메라를 향해 나란히 선다. 사진을 찍어주시는 분이, "두 분 다 참 착해 보이게 나왔어요"라고 말한다. "그럼. 우리 원래 참 착한 사람들이야." 선생님이 내 쪽을 향해 눈을 살짝 찡긋거리신다.

다시 아치울로 돌아왔을 때, 집 앞에 웬 중년 여인이 서 있다. 무작정 선생님을 뵙기 위해 찾아온 독자다. 그녀는 내 팔을 붙들고는 묵직한 종이봉투를 선생님께 대신 전해달라고 부탁한다. 꼭 좀, 이라고 하는 그녀의 표정이 너무 절실하다. 나는 한없이 난감해진다. 그녀는 선생님이 나오실 때까지 여기서 기다리겠다고 말한다. 먼저 집 안에 들어가신 선생님께 더듬더듬 그 말을 전하자 젊은 일행들은 일제히 선생님을 만류한다. "누구인 줄 알고요. 나가지 마세요, 선생님." "어머나, 좀 내다봐야겠다." 선생님이 담장 너머를 바라보신다. 마침 마당에 빗방울이 후드득 떨어지고 있다. 선생님이 현관으로 가신다. "나가지 마세요. 비도 오는데." "비가 오잖아." "그래도." 선생님은 벌써 신을 신으셨다. "안 되겠어. 사람이 저리 기다리는데, 잠깐만 나갔다 올게." 그것이 바로 선생님의 모습이다.

박완서라는 이름은, 한국문단의 신화인 동시에 누구보다 생생한 현역이다. 이런 선례는 몹시 귀하다. 당신 이름이 두르고 있는 어떤 권위에도 휘둘리지 않고, 선생님은 그저 걷고 계신다. 지난 시간의 그곳이 아니라, 바로 여기 우리 곁에서 우리와 함께, 때론 흔들리며 때론 뚜벅뚜벅 오늘도 새로운 길을 만들고 계신다. 『친절한 복희씨』가 출간되자마자, 성큼 베스트셀러 순위에 올랐다는 소식을 전해 들었다. 당연한 일이다. 독자들은 정직하다. 내 희로애락과 오욕칠정에 진심으로 공감하고 어루만져주는 그 손길을 눈 밝게 알아본다.

아직도 이토록 왕성한 생명력을 가진 거장이라니. 한국문학의 축복이란 말은 명백히 이런 자리에 쓰여야 옳다. 지나가는 말씀처럼, 이번이 마지막 작품집 아닐까, 라고 하셨지만 그럴 리는 없을 것이다. 그래서는 안 된다. 수많은 사람들이 다음 작품을 목 빼고 기다리고 있다는 걸 선생님께 꼭 알려드리고 싶다. 그날 아치울 마을에 다녀온 뒤 내가 새 장편의 첫 문장을 쓸 수 있게 되었다는 사실도, 아주 작은 목소리로.

아치울 마을에서 얻어 온 이야기, 『대산문화』 2007년 겨울호

2016년에 덧붙이는 글

교정을 보기 위해 이 글을 다시 읽는 데에 용기가 필요했다. 저 하루, 2007년의 가을날이 어제인 듯 선명하다. 이후 선생님과 함께 보낸 여러 날들이 있었다. 우리는 주로 맛있는 밥을 같이 먹었다. 어떤 약속은 지켜졌고 어떤 약속은 그렇지 않았다. 만삭이던 내게 벚꽃나무 아래서 갈비와 냉면을 사주시며 내년 봄 또 오자 하셨는데, 새봄이 되기 전에 선생님은 먼 곳으로 가셨다.

선생님이 여기 계셨으면 좋겠다고 자주 생각한다. 큰어른께 여쭙고 싶은 말이 자꾸 생겨나지만 내 마음속의 '가까운 큰어른'이란 박완서 선생님뿐이니까. 영원히 그럴 것이다.

ㅂ

그 살벌했던 날들의 능소화

김혜리
씨네21 편집위원

"내가 입때 살아온 얘기만 풀어도 소설로 열 권은 넘어." 미장원에, 목욕탕에 둘러앉은 아주머니들은 훈장을 흘긋 내보이는 퇴역 군인처럼 속삭이곤 했다. 열 권이 다 뭔가. 1970년 『여성동아』 장편 공모에 입상한 『나목』으로 문단에 입적한 소설가 박완서는, 36년 동안 100편이 넘는 장·단편소설을 썼다. 10만 고정 독자를 가졌다고 일컬어지는 그녀는 "마흔 살까지 보통 여자로 산 체험을 파먹었다"고 겸손히 말했다. 한데 그 '보통 여자의 체험'이 화수분이다. 듬성하게 묶어도 예술가 소설(『나목』), 여성주의 소설(『살아 있는 날의 시작』 『서 있는 여자』 『그대 아직도 꿈꾸고 있는가』), 역사소설(『미망』), 세태소설(『휘청거리는 오후』 『도시의 흉년』), 자전소설(『그 많던 싱아는 누가 다 먹었을까』 『그 산은 정말 거기 있었을까』 『그 남자네 집』)들이 대갓집 장독대마냥 홍성하다. 출판사 세계사는 박완서 장편 전집을 냈고, 문학동네는 지난 8월 단편을 여섯 권으로 갈무리한 전

집 개정판을 펴냈다. 읽는 동안은 깨가 쏟아지지만 뒷장을 덮으면 추상秋霜 같은 교훈에 손끝이 떨린다. 살지 않으면 쓸 것도 없다.

박완서 소설의 제목은 '그'라는 관형사로 운을 떼는 일이 유독 잦다. 그 많던 싱아와 그 산, 그 남자와 그 여자, 그해 겨울과 그 가을. 가볍지만 오뚝한 한 글자 '그'는 영어로 치면 'the'의 유일함과 'that'의 거리감에 'such'의 가느다란 한숨을 살짝 두른 맛이다. 박완서는 그처럼 기억을 자식처럼 치마폭에 싸고돈다. 아무나, 아무데나가 아니라 온전히 내 것이라고 못박는다. 하지만 박완서의 소설은 전쟁이 할퀸 폐부를 움켜쥐고 가부장제와 자본주의 사이에서 뒤뚱대느라 자주 부끄럽고 쓸쓸했던 한국 근대화의 실록이기도 하다. 박완서의 공교로운 이야기들은 전쟁을 겪은 세대에게는 묵은 일기고 젊은이들에게는 전생이다. 그래서 모녀가 같이 눈물을 찍어낸다. 그녀를 만난다는 소식에 과연 부모님은 아는 친척이라도 되는 듯 거드셨다. "그이가 아마 돈암동에 산 적이 있지?" 그러고 보니 작가가 유년을 보낸 현저동도 멀지 않은 동네였다. 작가의 모교 매동초등학교부터 한때 놀이터로 삼았다는 서대문 형무소까지 걸어보았다. 총명하고 활달한 소녀가 오만 상상에 젖기에 넉넉하고도 남는 거리였다. 지나는 길 사직공원 단군사당에서는 때묻은 흰 양말을 신은 한 여인이 거듭 엎드려 뭔가를 기구하고 있었다.

먼발치로 한강을 내다보는 구리시 아치울 마을. 작가의 노란 집을 찾은 월요일은 여름이 꼬리마저 감추어 선선했다. 풍경風磬도 건드리지 않은 채 사방을 휘감는 소슬한 바람은 작가로부터 불어오는 것도 같았다. 해를 우러르는 창들이 널찍한 집 안에서 흐트러진 곳은 책상 위뿐이었다. 어느 쪽이 많은지 모를 화초와 책, 담벼락에 올라앉은 고양이들까지 주인의 여문 보살핌 아래 만족스러워 보였다. 정원에서 사진을 찍는 틈틈이 작가는 잔디 사이 잡초를 꼼꼼히 골라내고 수련睡蓮이 낮잠에서 깨어나는 시각을 가르쳐주었다. 그녀가 모르는 것도 세상에 있을까, 나는 잠시 아이처럼 의문을 품었다.

인터뷰를 청하는 전화를 드릴 때마다 "아직 덥다"며 주저하셨어요. 여름 나기가 유난히 힘드십니까?

ㅂ 일제 시대 소학교에서 경축일에 오랫동안 조회를 서다 졸도한 적이 있어요. 어린 날 기억이란 게 무서워요. 지금도 여름이면 어지럼증이 있고 얼굴이 화끈거려요. 그러다 냉방한 실내에 가면 또 어깨가 오싹거려요. 그렇게 머리랑 몸이 분리되는 느낌이 싫어요. 대신, 선들바람에도 민감해서 바람이 불어오면 그렇게 기쁘고 살맛이 납니다.

칠십대의 시간이 마음에 드십니까?

ㅂ 뜻하지 않은 나이죠. 예정에 없었던. (웃음) 걱정도 없고 먼 계획도 없고 하루하루 편안히 가요. 예전에는 작가로서 계약도 하고 연재도 했지만 이제는 매이는 일은 안 하게 되더라고요. 어찌 보면 여벌의 삶이지만 내가 원했던 삶이 이것이 아니었나 싶어요.

경제적, 육체적, 감정적으로 내가 온전히 독립했다는 자유의 느낌이 굉장히 좋습니다.

『그 많던 싱아는 누가 다 먹었을까』『그 산이 정말 거기 있었을까』에 이은 선생님 자전 3부작의 마지막 책을 기다리는 독자도 많았는데, 『그 남자네 집』은 시기적으로 이어지는 경험이면서도 주인공의 이름이 선생님의 이름이 아니어서 3부냐 아니냐 설왕설래도 잠시 있었습니다.

ㅂ 3부작은 밖에서 다른 이들이 붙인 이름일 뿐이고 내가 묶은 적은 없어요. 『그 많던 싱아는 누가 다 먹었을까』『그 산이 정말 거기 있었을까』 두 권은 서문에도 밝혔지만 허구를 완전히 배제했습니다. 독자에게 제일 많이 읽힌 책은 『그 많던 싱아는 누가 다 먹었을까』이지만 나는 『그 산이 정말 거기 있었을까』에 굉장한 공을 들였어요. 그 책이 다룬 경험이야말로 나만의 것이거든요. 텅 빈 서울에 혼자 남아서 목격한 것, 그때를 견디게 한 일들, 사람들이 남으로 갈 때 억지로 북으로 올라가며 겪은 체험을 썼으니까요. 그런데 다음 시기로 넘어가면 다른 식구나 남들과 연관이 되는 일이 많아 제가 아는 사실만 쓰는 방식을 유지할 수 없었습니다.

『그 산이 정말 거기 있었을까』를 읽어보면 화자의 말투는 시종 가지런한데 전쟁중 갖은 일을 겪고 난 후반에 이르면 '나'의 사람됨이 어느새 강팍해졌다는 것이 은연중에 드러납니다. 인생을 어느 시점 이전과 이후로 나눈다면 그 시기를 지목하시겠습니까?

ㅂ 예, 그렇죠. 〈취한 말들을 위한 시간〉이라는 쿠르드족 영화에서 누이가 난쟁이 동생을 살려보겠다고 수레에 동생을 싣고 팔려 가다시피 시집가는 장면이 있지 않았어요? 거기서 몹시 눈물이 났어요. 어떻게든 피난을 가보려고 총상 입은 우리 오빠를 수레에 싣던 날 그 해쓱하고 비참한 얼굴이……, 지금은 상상을 못해요. 그리고 내가 경험한 북쪽 점령군은, 책에 묘사한 그대로예요. 1·4후퇴 때 서울에 들어온 인민군은 격전기가 아니었으니까 군량을 조금만 융통해도 남은 몇 안 되는 사람들을 먹일 수 있었을 텐데, 인구조사만 해가고 사람 먹여 살리는 문제에는 도통 관심이 없었어요. 방소 예술단이니 호화로운 선전선동 사업에 동원하는 것이 먼저였죠. 그런데, 우리 사람은 먹어야 춤도 출 수 있잖아요. (웃음) 나는 양극화가 싫고 유럽식의 기독교적 사회주의 같은 형태를 이상으로 여겨왔지만 지금도 북쪽의 화려한 카드섹션과 시설 불비한 병원의 모습을 뉴스에서 접하면 그 정부는 하나도 안 변했구나 싶어요.

전쟁을 잊기 위해 썼다고 하시겠습니까? 아니면 잊을까봐 썼다고 하시겠습니까?

ㅂ 국가를 지나간 회오리가 나를 조금도 비껴가지 않았을 때 겪은 이러저러한 특별한 경험에 대해 증언하고 싶은 욕구가 있었어

요. 그냥 잊어도 될 것을, 꼭 써야만 했던 건 내 기질이고요. 왜 사람들이 가정 풍파만 겪어도 밖에다 이야기하고 싶어하잖아요? 나는 글쓰는 재능이 있어 경험을 불리기도 하고 그대로도 썼지만 다른 사람들도 많이들 말하고 싶어해요. 딸 친구의 아버지는 6·25 나고 석 달은 지금 일기를 쓰라고 해도 쓸 수 있다고 한답니다. 내 책을 보고 전쟁 경험을 편지를 보내온 분들도 있고 더러는 자비로 두터운 책을 낸 이들도 있어요. 지난 IMF 때 한 친구는 자기네 집도 흥청거리고 살다가 어려움이 닥치니까, 속으로 "니들도 맛 좀 봐라" 하고 신이 났대요. 내가 뒷방을 박차고 나설 때가 됐구나, 어려움을 극복하는 데에 내 지혜를 보탤 때가 됐구나, 말은 안 해도 속에서 신바람이 치밀더래요. (좌중 폭소)

분단 이후 중산층의 생활을 담은 작품도 많이 쓰셨습니다. 평온해 보이는 일상 아래 뭔가 일그러진 게 있다는 것을 쏘아보고 꼬집어내는 소설들이었습니다. 그 작품들의 집필 동기도 전쟁을 그린 소설에서 말씀하신 시대를 증언하려는 욕구와 연결되나요?

ㅂ 그렇죠. 어려운 시기에 더 좋았던 것도 있어요. 가족애나 남녀의 사랑이나 애틋함이 더했죠. 모든 일이 지금보다 밀도가 높았다고 할 수 있죠. 내가 하면 사랑, 남이 하면 스캔들이라는 이야기와는 다른 거예요. 그때 우리가 서로 아꼈던 것, 사랑했던 것을 생각하면 참 절절했어요. 아마 그때는 사랑만이 삶의 기쁨이어서 그랬을지도 모르죠. 지금은 기쁨을 느낄 것이 달리 많지 않습니까.

딸에게 시집 안 간다고 타박하는 것이 보통인데 선생님 모친께서는 오히려 "너 같은 아이가 공부를 해야지 왜 시집부터 가냐"고 타박하셨다면서요. 어쩌면 그런 기대가 버거워 선뜻 결혼하신 게 아닌지.

ㅂ　대학 공부를 마저 못 시켰으니까요. (작가는 서울대 국문과에 6·25가 일어난 1950년 입학했고 개강은 하필 6월이었다—대담자 주) 오빠만 해도 시골서 소학교를 다녔는데 어머니는 서울 빈민가에서 홀몸으로 살면서도 저를 서울의 좋은 학교에만 보냈어요. 그러다가 혼란기에 삼촌이 사상 다툼에 휘말려 형무소에서 죽음을 맞았고, 뒤이어 뜻하지 않게 전쟁중에 오빠를 잃은 어머니는 딸에게 더 기대하셨겠죠. 그런데 나는 그 완전히 파괴된 집안을 그냥 면하고 싶은 마음이었어요. 물론 이후에도 친정일을 많이 도왔지만 결혼 당시에는 청산하고 내 세계로 가고 싶었죠.

작고하신 바깥어른과 1953년 올린 결혼식을, 필름으로 촬영해놓으셨다는 이야기를 읽었습니다.

ㅂ　지금도 집 안 어딘가에 있어요. 소리는 안 나오는 무성영화예요. 그때, 남편은 모든 것을 내게 최고로 해주고 싶어한 것 같아요. 그 바람에 부자인 줄 알았는데 시집와보니 신부를 싸 데려오는 데에 다 쓴 거였죠. (웃음) 남편은 관대한 사람이었어요. 옥죄는 사람이 아니었어요. 내가 그 사람을 택한 이유가 "언제고 소설을 쓰리라" 마음먹어서는 아니었지만, 여자가 생각하는 것까지 알

려들고 오늘 뭐했냐 따질 남자는 아니라는 것은 만나자마자 알았죠. 결혼한 다음 복학하고픈 마음도 있었는데 그런다 해도 호응해줄 것 같았어요. 연달아 태어난 아이들을 젖 먹여 키우느라 결국 학교에 돌아가진 못했지만.

책상 위에 걸린 손 사진이 아까부터 궁금했습니다. 선생님의 손인가요?

ㅂ 난 내 사진을 집에 걸어두는 것을 싫어해요. 그런데 누가 찍어준 저 사진을 보니까 내가 저 손으로 일도 참 많이 했다 싶어서 걸어뒀어요. 글도 썼지만 살림이 얼마나 큰일이에요? 사진 한 장 더 보겠어요? (『보그』에서 촬영한 손의 클로즈업 사진을 내온다. 사진의 손에는 고풍스러운 반지가 끼워져 있다.) 남편이 결혼도 약혼도 하기 전에 선물한 반지예요. 그 궁핍한 때에 큰 호사였죠. 결혼도 안 한 남자에게 반지 받은 것이 창피해서 돌려주지도 못하고 엄마가 알면 미쳤냐고 야단할 것 같아 말도 못했죠. 결혼한 다음 50년을 넘게 꼈어요. 하도 오래 껴서 닳고 비뚤어졌는데, 보는 사람마다 예쁘다 했죠. 그런데 내 손이 마른 탓에 지난 설즈음에 잃어버렸어요. 세공 하나하나를 내가 다 기억하니 이 사진을 들고 가서 똑같이 만들려고 해요.

5남매를 낳아 기르셨습니다. 자제분을 많이 두신 것이 전쟁의 경험과 관계가 있나요? 생명이 나고 자라는 일이 유난히 귀중했다거나.

ㅂ 아뇨. 아이 태어나는 일이 기쁘기만 한 것도 아니었어요. 연년생으로 힘겹게 낳은 아이도 있고. 내가 1953년에 첫아이를, 막내를 1963년에 낳았고 첫 소설을 1970년에 썼어요. 딱 맞아떨어지죠. 그 기간이 바로 베이비붐 시대예요. 『그 남자네 집』에도 썼지만 인구가 그렇게 불어날 때는 남녀가 사랑을 나눠 당연히 새끼가 생기는 것 말고도 하늘의 뜻 같은 게 있는 것 같아. 기독교의 하느님이 아니라 "하늘이 비를 내린다" 하는 옛말의 하늘. 그때 엄마들이 나라가 인명을 잃었으니 많이 낳자고 단합한 것도 아니고, 산아제한 캠페인까지 했는데 인구를 조절하는 섭리 같은 것이 있지 않았나 싶어요.

장편 공모전 상금을 타면 내 존재 가치가 생길 듯했어요

전업주부로 내내 지내다가 1970년 『여성동아』 장편 공모에 박수근 화백과의 추억을 소재로 삼은 『나목』이 당선돼 등단하셨습니다. 첫발을 내딛으려면 이때다, 라는 느낌은 어떻게 왔나요?

ㅂ 나는 아이들 기르는 일이 우선이었어요. 어느 여성 화가가 젖을 물린 채 그림을 그리는 모습을 본 적이 있는데 몸서리쳐지게 힘들어 보였어요. 첫 소설을 쓴 1970년은 우리 막내가, 그 아이를 내가 잃었지마는, 초등학교에 들어갔던 해였어요. 그제야 뭘 할 수 있겠다는 생각이 들었죠. 시어머니 계시고 아이 다섯 기르는

일이 만만치 않았어요. 한 아이 손톱을 깎자면 다들 손발 내밀고 달려드는데 스무 개씩 다섯 명이면 그게 몇 개예요.

공모 당선으로 받은 첫 고료 50만 원은 어떻게 쓰셨어요?

ㅂ 흐지부지 썼어요. (웃음) 나는 시집갈 때도, 가고 나서도 존중을 받고 살았지만 남편이 어찌되기라도 하면 경제적으로 내가 완전히 무능하다는 게 비참하게 느껴졌어요. 남편 잃은 여자들이 "날러는 어찌 살라고" 하며 울 때는 사랑보다 애들 데리고 먹고 사는 문제가 크잖아요. 남편이 술을 좋아했는데 어쩌다 늦기라도 하는 밤엔 얼마나 불안했는지. 통금도 있고 도로 사정도 나쁠 때니 맨홀에 빠지지 않았나, 교통사고가 나진 않았나 마음 졸이는 것이 버릇이 돼 지금도 11시쯤이면 불안해요. 나중엔 집에서 마시도록 안주를 마련했고 남편 술 뺏어 먹다가 술을 배웠죠. 아이들 몰래 틈틈이 『나목』을 쓰는 동안 그만둘까 싶기도 했지만 50만 원을 탄다는 생각도 하나의 동기였어요. 식구들을 깜짝 놀라게 하고 싶었고 50만 원을 타면 내 존재 가치가 생길 듯했습니다.

맏따님이신 호원숙님 수필에 의하면 선생님은 살림을 잘할 뿐 아니라 재미나고 창의적으로 하는 어머니였다고 합니다. 그러나 소설 속에 투영된 선생님의 독백에는 '살림은 내 옷이 아니었다'는 언급도 있으니 실상이 궁금합니다.

ㅂ 소설을 쓰고 있으면 살림을 내가 건성으로 하는 것 같고 연재소설이라도 쓰면 살림이 피폐해지는 것이 눈에 보여 살림한테 미안했죠. 그런데 또 밀린 집안일하며 살림꾼 몸짓을 하고 있으면 내 일이 아닌 것 같아. 지금은 결혼하고 일을 안 하는 여자들이 열등감을 갖지만 그때는 일을 하려면 살림도 잘하라는 요구가 암암리에 강했어요. 지금은 여러분이 이렇게 서재에 나를 앉히고 취재하지만 그 무렵엔 『여성동아』에서 나를 취재하러 오면 장독대도 닦게 하고 시어머니 시중을 들라고 주문해 사진을 찍었어요. 실제로 난 한 번도 시어머니 머릴 빗겨드리거나 쪽을 져드린 적이 없는데 하라는 거예요. (좌중 폭소) 신인이니까 따랐으나 속으로 이건 아니다 싶었죠. 당시 마흔에 등단한 작가라고 내게 편지를 보내오는 여성들도 있었는데 나를 '둘 다 잘하는 선구자'처럼 받드는 일은 그들에게도 좋지 않다고 생각했어요. 그리고 취재당할 무렵에는 이미 식구들이 가사를 많이 분담해줄 때였거든요. 그런데 사실 내가 살림을 좋아하긴 해요. (웃음) 모든 걸 정리해놓지 않으면 글도 못 쓰죠. 글을 시작하기 전에 쓸데없이 찬장을 정리하거나 옷장을 뒤집어 버릴 걸 챙기기도 하는데, 그런 버릇은 글쓰는 여자들 모두 공감하더라고요.

「꿈꾸는 인큐베이터」나 「나의 가장 나종 지니인 것」을 비롯해 선생님 단편은 주인공이 어떤 후유증을 앓고 있는데 그 병소를 대뜸 드러내지 않고 표면적 이야기를 갈 데까지 끌고 가다 나중에야 심리적 외상을 드러내는 구성이 많습니다.

ㅂ　상처란 것이 다 그렇지 않아요? 누구든 정신적 억압이 없는 사람이 없는데 그런 것들은 비비 돌아서 다른 형태로 나타나요. 겉으로는 그것과 무관한 병을 앓고요. 정신과 의사들이 자꾸 환자에게 말을 거는 것도 돌아돌아 그곳에 이르려는 것 아니겠어요?

어느 평론가가 말씀하셨는지 기억이 흐릿한데, '보바리 부인이 되기엔 너무 말짱하다'라는 평을 들으신 적이 있어요. 그 표현대로 여주인공들이 큰 일탈을 저지르거나 파국을 맞지 않고, 서늘한 각성의 순간에서 이야기가 멈추는 작품이 많습니다.

ㅂ　(웃음) 내가 못해봐서 그래요. 하지만 왜요, 불륜도 많이 썼는데. 『미망』에서 머릿방 아씨(태임의 어머니)가 불륜했잖아요. 그런 대목을 길게 끌지 않는 것은 불륜의 기쁨이 그렇게 오래갈까 싶기 때문이기도 하고.

난 소설이 너무 어려워서는 좋지 않다고 봐요

그동안 『박완서 소설어 사전』이라는 책도 나왔습니다. 뒤집어 말하면 선생님만 쓰고 찾아내는 어휘가 많다는 뜻입니다. 예를 들어 저는 '춥춥하다'라는 단어가 어떤 의미인지 정확히 모릅니다.

ㅂ　내 소설은 표준어를 쓰는 것 같아도 개성 지방 말을 많이 썼어요.

지방뿐 아니라 우리 집안에서 쓰던 말도 많죠. 그래도 사전을 찾아보면 대개 있는 말인데도 가끔 문의를 받죠. 요전에도 '너무 엄마를 바친다'라는 표현을 보고 국어 선생님이 전화를 하셨더라고요. '바치다'는 '집착한다' '밝힌다'라는 뜻인데 내 책 어딘가에 '받치다'라고 틀린 맞춤법으로 나갔는지도 모르겠어요. 되도록 여러 권의 사전을 놓고 있는 말인지 찾아보며 씁니다. '씁씁하다'는 '바치다'보다 더 치사하고 추하게 뭘 밝히는 거예요. 음식 같은 것에 달려들지 말아야 할 자리에 달려드는 경우라든지. 우리는 대가족인데다가 어휘가 풍부한 집안이었어요. 수다스럽진 않았지만 가족끼리 많은 말을 주고받았죠. 그리고 또 중요한 점은 아이의 말을 끊지 않았다는 점이에요. 바삐 살다보면 아이가 어른에게 부당하게 야단맞는 경우가 있잖아요. 덮어놓고 큰아이를 때린다거나. 그런데 저는 부당하다 싶으면 참지 않고 이건 이랬고 저건 저랬다 말대답을 했어요. 우리 엄마는 그것을 끝까지 들어주셨고 작은어머니는 "아유, 계집애가 저렇게 말대답을 하는데 놔두면 어쩌냐"고 엄마한테 뭐라 하셨죠. 나는 아이들이 자기 논리를 세워 말하도록 끝끝내 들어주는 일이 중요하다고 봐요. 우리 애들도 그랬어요. 한 애는 무르팍에 앉히고 다른 아이가 떠드는 걸 듣고 있으면 품에 안긴 애가 "엄마 나 보고 얘기해" 하면서 내 턱을 제 쪽으로 잡아 돌리던 기억이 나네요.

소설 속에 각별히 자주 쓰시는 단어 중에 '우두망찰하다'가 있습니다. 그만큼 선생님께 친숙한 감정적 상황인 것도 같고요.

ㅂ 스케줄이 꼬이면서 무엇을 먼저 해야 좋을지 모르겠고 나중엔 무슨 계획이 있었는지조차 모르게 되는 상황이죠. 사실 내가 스케줄을 갖고 여러 사람과 교류한 것이 인생 전반부에는 없던 일 아닙니까? 사람마다 관계를 기억하고 관리하는 능력이 다른 것 같아요. 내 능력의 규모를 넘어서는 관계는 사람이건 혹은 출판 사건 확대하지 않으려고 하는 편이에요.

전시회에 가면 내가 이 그림이나 사진 앞에서 얼마 동안 서서 바라보는 것이 적당할지 판단이 안 될 경우가 있어요. 그런데 선생님의 소설은 사람들이 모두 물처럼 술술 읽힌다고들 하잖아요? 그런 말이 혹시 섭섭하거나, 좀더 음미해주었으면 싶진 않으십니까?

ㅂ 글쎄, 난 소설이 너무 어려워서는 좋지 않다고 봐요. 소설은 생겨난 기원부터 학문과는 다르죠. 이해가 안 돼서 또 읽는 일은 없어도 좋아서 또 읽을 순 있다고 생각해요. 내 소설은 그렇게 파란만장한 스토리가 없는 예가 많습니다. 그래도 독자들에게 읽히는 것은 문장의 맛 때문이 아닐까요. 나는 쓰고 나면 속으로 읽고 또 읽어서 거슬리는 부분을 고칩니다. 그냥 잔잔하게만 흘러도 재미가 없으니 격류가 올 때는 격류처럼 만들기도 하고. 우리 옛 소설도 음악적이지 않아요?

작품 중에서 『그해 겨울은 따뜻했네』 『미망』 『그대 아직도 꿈꾸고 있는가』 등이 텔레비전 드라마와 영화로 만들어졌는데 어찌 보셨어요?

ㅂ (웃음) 내 것뿐만 아니라 소설로 상상한 것보다야 영화가 늘 못하죠. 읽으면서 생각한 인간상이 그대로 나온 작품은 〈바람과 함께 사라지다〉 정도였어요. 스칼릿도 레트 버틀러도 애슐리도. 감독의 상상력과 내 감수성이 맞아떨어진 거겠죠.

거실에 〈노팅힐〉 〈8월의 크리스마스〉 DVD가 있던데요. 영화 취향은 어느 쪽이세요? 페드로 알모도바르 감독 영화를 혹시 좋아하지 않으세요? 그 배우 나온다면 영화를 챙겨보게 되는 배우라도 있으세요?

ㅂ 알모도바르 영화 좋아해요. 〈그녀에게〉는 두 번 봤어요. 키아로스타미 감독도 좋아하고요. 요즘 꼭 봐야지 하는 건, 이나영 나온다는. 맞아요. 〈우리들의 행복한 시간〉. 거기 같이 나오는 남자아이(강동원)도 좋아요. 내가 예뻐하는 남자아이들이 많았는데 기억이 안 나네. (웃음) 이나영은 맑아서 좋아하죠. 맑은 사람이 좋고 젊은 사람이 좋아요.

한때 송도 기생 황진이 이야기를 마지막 장편으로 쓰신다는 말도 있었습니다만.

ㅂ 글쎄요. 아까도 말했지만 이제는 무엇을 쓰겠다는 공언은 안 하고, 그냥 써지면 쓰면서 편안히 살고 싶습니다. 황진이를 쓸 생각은, 송도 상인 이야기 『미망』을 연재할 때 떠올렸어요. 송도에서 피란 나온 사람들이 만든 『송도민보』를 읽었는데, 고향을 그

리는 글 중에 황진이 묘에 다녀온 이야기가 있더라고요. 무덤에 풀만 무성하고 비석 하나 있는 옆에 우물 하나가 있는데 그것이 퍼서는 먹을 수 없고 입술을 대야만 마실 수 있는 입우물이랍니다. 인상적이잖아요? 황진이의 자료는 그리 많지 않습니다. 시 몇 편밖에 전해오는 것이 없고 『대동야승』에도 그의 어머니가 황진이를 임신한 동기가 간결하게 나올 뿐이라 굉장히 상상력을 자극하죠. 북한의 홍석중을 비롯해 여러 작가가 쓴 것을 갖고 있지만 황진이 이야기는 마음대로 써도 뭐라 할 사람이 없어요. 후손도 없고. (웃음)

연전에 호암상을 받고 상금을 "저 자신을 기쁘게 하는 일에 쓰겠다"라고 말씀하신 것이 기억나요. 먼저 앞세운 가족들에 대해서도 "그들 몫까지 더 잘 살아야지, 좋은 일 많이 해야지 하는 생각은 안 한다. 난 그 끔찍한 기억과 더불어 사는 것만도 지겹고 힘들다"고 쓰신 것도요. 『그 남자네 집』에서 첫사랑의 환상을 작살내신 것도 그렇지만 뭐든 예쁘장하게 말하거나 위선과 위악 떠는 꼴을 못 봐주는 성격이신 듯합니다.

ㅂ 난 사람도 그렇게 말하는 사람은 싫어요. 자기 이야기를 위선 떨며 말하는 사람은 금방 알아봐요. 정치가라든가 그런 이들이 위선 떠는 회고록이니 뭐니 보내오면 헌정 페이지를 뜯어내고 그 자리에서 버립니다.

극도로 견디기 힘든 상황을 맞을 때에도 끝내 다시 글을 쓰시고야 만

것은 글쓰기에 치유력이 있어서일까요?

ㅂ 내가 살면서 제일 힘들었던 것은 아들을 잃었을 때예요. 분도수녀원에 머무르며 평소 안 쓰던 일기를 매일 썼어요. 생각에 잠기는 것을 피하기 위해 마당에서 나무가 오늘은 어떻게 변했다는 등의 스케치를 적었어요. 그 일기를 추려 『한 말씀만 하소서』로 묶었죠. 지금도 나는 꼬박꼬박 성당에 열심히 나가는 신자는 아니에요. 하지만 아들을 잃기 전까지 내 신앙은 일종의 감정의 사치가 아니었나 싶어요. 모든 것이 뜻대로 된다는 교만도 있었죠. 아이들이 모두 건강하고 좋은 학교에 진학하고 가족이 잘 지냈으니까요. 그런데 그 일을 겪고 난 지금은 내가 믿습니다, 신의 존재를. 아들을 잃어버린 시기는 가장 강하게 신을 부정한 시간이기도 했지만 우리가 무無를 부정할 순 없지 않아요? 어떤 신적인 존재가 있고, 그리고 그가 어떤 분이라는 생각이 내게 있었으므로 "대체 내게 왜 이런 일이 일어났습니까?"라고 끊임없이 질문했던 거죠. 그 순간 내가 질문을 던질 상대가 있었다는 사실이 중요하다고 생각합니다. 한없이 낮고 비루해지면 신이 보여요. 물론 그렇게 해서 신을 보라고 말하고 싶지는 않지만.

지금까지 말씀을 돌아보면 선생님께 소설은 증언도 되고 굿도 되고 통곡도 되고 꿈이 되기도 하는군요. 소설의 효능을 이제 와서는 무엇이라고 말씀하시겠어요?

ㅂ

소설에는 누추한 생활을 뛰어넘는 힘이 있어요. 시골뜨기로 서울 명문학교에 입학한 나는 아이들 틈에서 촌티가 났고 3학년 때까지는 공부도 못했어요. 한자에는 철학과 이야기가 있어서 쉽게 깨우쳤고 한글은 딱 봐도 '가'에다 '기역' 하면 '각'이 되는 일이 자명한데 일본어는 까닭을 도무지 찾을 수 없었거든요. 덮어놓고 외는 걸 못했어요. 그런데도 열등감을 이길 수 있었던 까닭은 내가 어머니에게 듣고 책으로 읽어 수많은 이야기를 알고 있어서였어요. 난 그애들이 모르는 세계를 알고 있었고 이야기를 해보면 개네들이 아무것도 아니라고 느꼈죠. 여름방학에 내려갈 시골(경기도 개풍군 박적골)이 있다는 사실도 비슷한 우월감을 줬어요. 서울에선 빈민굴 같은 동네에 살지만 방학이면 내가 자유로울 수 있는 세계가 따로 있다는 생각은 지극한 해방감이었요. 내 소설이 다른 이에게 그런 힘을, 위로를 주면 좋겠어요.

『그녀에게 말하다』, 씨네21, 2008년

박완서 선생님께

'그해 겨울은 혹독했다'고 뒷날 쓰지 않을 도리가 없을 것 같습니다. 때론 사방이 죽음인 양 느껴집니다. 잠을 청하려 누웠다가 드센 외풍에 이불을 턱까지 끌어당기면, 멀리 땅에 묻히는 짐승의 울음소리가 들려옵니다. 얼마나 더 오래 건너야 봄의 기슭이 보일까요. 우리가 선생님을 여의었다는 소식을 오전에 접했습니다. 암을 안고 계신 줄 전혀 알지 못했고 근년의 문장에도 쇠한 기색이 없어 연세도 잊고 있었습니다. 인터뷰로 뵌 일이 다섯 해 전이니 여든이셨구나 멍하니 헤아려보았습니다. 둔해진 머리로 오늘 하기로 정해진 일들을 순서대로 해내는 동안 낮이 가고 밤이 왔습니다. 다시 집에 돌아와 혼자가 되자 의자가 불편했습니다. 습관대로 좁은 방의 네 모서리를 뱅뱅 걸어 돌았습니다. J. D. 샐린저, 에릭 로메르, 그리고 선생님. 언젠가부터 날아드는 부고의 음색은 확연히 달라졌습니다. 자라는 동안 제 안으로 흘러들어와 저의 일부가 된 세대가 이 별을 총총히 떠나가고 있습니다. 그건 이 우주에서 제가 속한 대륙이 서서히 풍화되고 있다는 의미겠지요.

소설을 읽지 않는 시간에도 선생님을 점점이 떠올리는 순간이 있었습니다. 큼직한 반지를 끼면, 부군께 선물 받고 50년을 떼놓지 않았는데 나이들어 손가락이 여위는 통에 잃어버리셨다던 선생님의 귀한 반지가 생각났습니다. 뒹굴며 끼적거리는 휴일 오후면, 서재가 없던 시절 앉은뱅이 책상과 팔꿈치로 짚고 누운 바닥에서 원고를 쓰곤 했다는 선생님의 회고가 기억나 살며시 웃었습니다. 여러 사람 앞에서 말할 기회가 생기면, 깍둑썰기하듯 "……습니다"로 단정히 떨어지던 선생님의 말투를 본으로 삼으려 했습니다. 제가 뵌 선생님은 부드럽지만 거역하기 힘든 분, 누구든 만나면 그 추녀 밑으로 들어가고 싶어지는 분이었지만 또한 쉽게 어머니연하지 않는 깔끔한 여인이셨습니다.

제가 지닌 선생님 책의 대부분은 몇 해 전부터 부모님 머리맡의 협탁으로 옮겨져 작은 탑을 이루고 있습니다. 엄마와 저는 앞으로도 선생님 소설이 뒷산 미루나무라도 되는 양 종종 그것을 붙들고 함께 웃고 눈물을 찍어낼 것입니다. 제 책장에 남아 있는 책 가운데 『그 가을의 사흘 동안』과 『환각의 나비』에는 '저자와의 협약에 의한 생략' 대신 흰 종잇조각에 '완서' 두 글자를 붉은 도장으로 눌러찍은 인지가 붙어 있더군요. 선생님의 조그만 흔적이라 여겨져 기뻤습니다.

유난히 웃는 사진이 많다고 말씀드렸더니, "그렇게 잘 웃진 않아요. 여러 장 찍으면 개중 웃는 게 실려서 그래요. 결심을 하고 안 웃은 적도 있어요"라며 또 웃으셨죠. 하지만 다시 찾아본 그날의 사진들 속에서 선생님은 역시 온통 웃고 계시더군요. 그래서 오늘은 선생님의 뒷모습을 골랐습니다. 저는 이 사진이 좋습니다. 선생님의 등을 살짝 내리누른 세월의 무게가 좋고, 아끼며 돌보셨던 서재와 정원이 잇닿아 있는 풍경이 좋고, 저와 선생님이 같은 방향을 바라보고 있어서 좋습니다. 그럼, 또 뵙겠습니다.

영화의 일기, 『씨네21』, 2011년

ㅂ

우리들의 마음공부는 계속됩니다

신형철
문학평론가, 조선대학교 문예창작학과 교수

2008년 1월 25일에 선생을 찾아뵈었다.

아치울은 행정구역상으로는 경기도 구리시에 속하지만 광장동 워커힐 호텔에서 5분 거리에 있으니 서울과 지척이다. 서울이면서도 서울이 아닌 곳. 이를테면 선생의 문학과 잘 어울리는 곳이다. 선생이 지방의 한촌閑村에 은거하면서 우주적인 지혜를 설파하는 모습은 상상하기 어렵다. 예나 지금이나 선생의 문학은 서울로 표상되는 현대적 삶의 악다구니에서 출발한다. 그렇게 대도시 삶의 세목에 통달해 있으면서도 또 그것들과 반성적 거리를 유지하는 긴장이 박완서 문학에는 있다. 안이면서 밖인, 서울이면서 서울이 아닌, 그런 문학. 우리에게 아치울이 문학적인 공간처럼 느껴지는 것은 그 감미로운 이름 때문만은 아니라는 소리다. 선생의 최근 산문집인 『두부』나 『호미』를 읽은 분들이라면 내 말이 억지가 아님을 알 것이다. 자연스럽게 선생의 자택이 먼저 화제에 올랐다.

ㅂ 내가 이 집을 사학자 이이화 선생 때문에 충동구매를 했어요. (웃음) 그때 집주인이 무슨 공장 하던 사람이었는데 전세를 끼고 있더라고. 전에는 공장 하고 그런 사람은 싸게 대출해주는 그런 게 있었잖아요? 그걸 끼면 얼마 안 주고도 사겠더라고. 그래서 그냥 샀어요. 김점선 화가도 가까이 사니까. 여기 워커힐 앞에 살아요.

이번에 출간된 『친절한 복희씨』의 표지 그림이 바로 김점선 화가의 작품이다. 김점선 선생에 대해서야 무슨 부연설명이 필요하겠는가. 김점선 화가와 선생의 인연은 수십 년에 걸쳐 있다. 그렇게 오랜 인연이라면 그간 선생의 책들에 김선생의 그림들이 더러 실리기도 했겠다.

ㅂ 표지를 그려준 것은 이번이 처음이에요. 아, 언젠가 동화를 쓸 적에 삽화를 맡아준 적이 있었군요(그 동화책은 『보시니 참 좋았다』이다—대담자 주). 그나저나 이 표지 그림, 제목하고 잘 맞죠? 여자가 어디론가 황망히 가는 모습이 「친절한 복희씨」의 내용과도 잘 맞고. (웃음)

이번 책을 위해서 특별히 그려주셨던가봅니다.

ㅂ　아, 아니에요. 사실은 이번 책 표지로 쓰라고 그림을 하나 그려 주긴 했는데, 그림에 사람은 나오지 않고, 뭔가 아주 격렬한 느낌이 나는 그림이었댔어요. 이번 책의 분위기와 과연 맞을까 하던 차에, 출판사에서도 썩 탐탁찮아하더군요. 그래서 김화가의 책 중에 『10cm 예술』이라는 것이 있는데, 그 책에서 내가 이 그림을 골랐어요.

표제는 처음부터 '친절한 복희씨'였던가요?

ㅂ　원래는 '대범한 밥상'으로 하려고 했어요. 내가 이번 책에서 그 작품을 제일 좋아하거든요. 거의 그렇게 결정을 하고는 어느 날 길을 가다보니까, 얼마 안 되는 길을 가는데 '밥상'이라는 단어가 들어가는 식당이 두세 개가 연달아 나오는 거예요. 맛있는 밥상, 장모님 밥상……. (웃음) 그것도 꼭 그렇게 다섯 글자로 돼 있더군요. 그래서 내가 집에 돌아오자마자 출판사에 전화를 걸었어요. '대범한 밥상'이라고 했다가 무슨 요리책인 줄 알면 어쩌느냐고. 예전에 그런 일이 있지 않았어요? 윤대녕 씨의 『은어낚시통신』이라는 소설책이 어느 시골 서점에 가봤더니 낚시 코너에 꽂혀 있었다던가. 그래서 별안간 '대범한 밥상'이라는 제목이 싫어졌습니다. (웃음)

선생의 새로운 단편집 『친절한 복희씨』에는 총 아홉 편의 작품이 발표된 순서대로 가지런히 묶여 있다. 가장 마지막 작품인 「그래도 해피엔

드」가 2006년 겨울에 발표되었고 책이 나온 것은 2007년 10월이니, 원고를 정리하여 책으로 묶는 데 1년 정도가 걸린 셈이다. 1년 동안 원고를 많이 다듬으셨는가 하고 여쭈었더니 기본적인 교정을 보았을 뿐 작품에 손을 대지는 않았다고 하신다. "2007년에는 이상하게 많이 피곤하고 그래서 의도적으로 아무것도 안 했어요."

잘 알려진 대로 선생은 1931년에 태어나 1970년에 장편소설 『나목』을 발표하면서 작가로서의 삶을 시작했다. 내후년은 등단 40주년에다가 팔순을 맞는 해이다. 한 사람의 생활인으로 살아온 삶이 40년이고, 그에 더해 한 사람의 작가로도 살아온 삶이 또 40년이다. 얼마나 많은 사연들이 있을 것인가. 선생께서는 이미 두 권의 자전소설 『그 많던 싱아는 누가 다 먹었을까』(이하 『싱아』)와 『그 산이 정말 거기 있었을까』(이하 『산』)를 출간하시기도 했다. 『산』의 해설에서 이남호 선생은 '이 소설은 3부작으로 구상된 자전소설 중 2부에 해당하는 작품'이라고 적고 있었다. 그러면 세번째 작품이 예정돼 있다는 것일까.

ㅂ　『싱아』를 내고 나니까 출판사 쪽에서 또 써야 한다고 권유하더군요. 나 역시 좀 미진하다는 느낌이 있어서 『산』을 썼습니다. 쓰고 나서 이게 끝이다, 라고 생각했습니다. 3부작을 의도하고 쓰진 않았어요.

단편 「그 남자네 집」을 2002년 여름에 발표하시고 장편 『그 남자네 집』을 2년 뒤에 출간하셨습니다. 이미 장편 『그 남자네 집』이 독자들에게 많은 사랑을 받은 터에, 원본이라 할 수 있는 단편 「그 남자네 집」이 이번 작품집에 수록되었으니, 독자들에게는 단편과 장편을 손쉽게 비교해 읽어볼 수 있는 기회가 생긴 셈입니다. 장편 『그 남자네 집』을 읽어보니, 첫사랑과의 결별 장면에서 이야기가 멈추는 단편 「그 남자네 집」과는 달리, 결혼 이후의 삶이 자세하게 펼쳐지고 있더군요. 유년기를 다룬 『싱아』, 소년기를 다룬 『산』에 이어지는 시기라고 해도 좋겠습니다. 그렇다면 『그 남자네 집』이 소위 자전소설 3부작의 세번째 작품이라고 보아도 괜찮을까요?

ㅂ 굳이 3부작을 만든다면 그렇다고 할 수도 있겠네요. 그러나 『그 남자네 집』은 앞의 두 작품과는 성격이 좀 다릅니다. 『산』은, 자서전이라고 하면 이상하지만, 아무튼 의도적으로 상상이나 허구를 배제했습니다. 이름도 제 이름 그대로 하고 그랬어요. 그러나 『그 남자네 집』은 다르죠. 자전적인 내용이 많이 섞여 있긴 하지만 『싱아』나 『산』에 비해서는 더 소설에 가깝습니다. 그래서 저는 '3부작'이라고 부르고 싶지는 않네요.

평론가들에게 많이들 인용되는 말입니다만 선생님께서는 『싱아』의 '작가의 말'에 이렇게 적으셨습니다. "이런 글을 소설이라고 불러도 되는 건지 모르겠다. 순전히 기억력에만 의지해서 써보았다." 『산』의 경우도 아마 비슷하겠지요. 이미 많은 체험들을 소설에 직간접적으로 재현하셨을 터인데 새삼 사실만을 기록한 글을 써보겠다고 결심하게 된 계기가 있으셨는지요.

ㅂ 『싱아』도 그렇지만 특히 『산』은 서울에 남아서 겪었던 한국전쟁을 내가 '증언'해야겠다는 생각이 있었어요. 사실 그 시기는 내가 소설에 쓴 것보다 훨씬 더 끔찍하고 고통스러운 시기였습니다. 전쟁중에는 인간이 인간 같지가 않아요. 사람들은 너무 고통스러운 일을 겪으면 잊어버리려고 하고 너무 모욕적인 일을 당하면 그 일에 대해서 정직하게 쓰기가 어렵지요. 내가 그때 그 힘든 상황을 견디며 살아남을 수 있었던 힘은, 아마도 그게 제 작가적인 끼였던가 싶기도 한데, 이 모든 것을 언젠가는 글로 쓰겠다는 의지였어요. 근데 오래되니까 그것도 희미해지더군요. 또 그것을 쓸 때만 해도 스스로 검열하게 되는 게 있습니다. 이를테면 북쪽 인민군들이 제게 못되게 한 건 제대로 써도 남쪽 군인들이 못되게 한 건 안 쓰거나 덜 쓰게 되는 것도 있고. (웃음) 아까 극도로 상상력을 배제하고 썼다는 말을 했는데, 그게 또 꼭 그렇게 되는 것은 아닌 것 같아요. 저는 사실 그대로를 썼다고 생각했는데, 아, 이게 아니구나 싶은 게, 그 시기를 같이 보낸 사람들이 있잖아요? 내 사촌 같은 사람, 유년기를 같이 시골에서 보냈다든가 하는 이가 나중에 그때 일을 같이 회상하면 "언니 그게 아냐" 그러는데, 걔 기억력과 내 기억력이 다르더라고요. 그래서 기억력이라는 것도 일종의 상상력이 아닌가 하는 생각을 했어요. 쭉 써나가다보면 강하게 남은 기억도 있고 희미해진 데도 있고 그렇잖아요? 그런 걸 이야기로 매끄럽게 만들려고 하면 역시 그걸 메우는 것도 상상력이더군요.

말씀하신 대로 『싱아』나 『산』은 기억과 상상의 관계에 대해 생각해볼 수 있는 좋은 텍스트이기도 합니다. 한편 『그 남자네 집』은 애초부터 '소설'이라 생각하고 쓰셨으니 집필 기간 중에 한결 마음이 편하셨으리라 짐작됩니다. 단편 「그 남자네 집」과 장편 『그 남자네 집』을 비교해보니까, 이 경우는 단편을 장편으로 재구성한 경우가 아니라, 단편의 뒷이야기가 길게 덧붙여져서 장편이 된 경우더군요.

ㅂ 처음 단편 「그 남자네 집」을 쓸 때는 「엄마의 말뚝」처럼 1, 2, 3 이렇게 연작으로 쓰려고 했었어요. 그랬는데 그냥 허물어뜨려서 장편으로 방향을 틀었습니다. 연작을 쓰려고 마음먹었을 때의 구성과는 좀 달라졌죠. 단편에선 그냥 생략해버린 다른 사람들 이야기를 넣게 되었습니다. 그 시절 내가 겪은 여러 체험들과 연결되어 있는 사람들이 소설에 등장하게 되었어요.

미군 부대 PX에 근무하실 때죠?

ㅂ 네, 소설에 나오는 인물들은 거기에서 만난 여러 사람들로 만들어낸 전형들이지요. 예컨대 실제로 있었던 인물은 아니지만, 이름이 뭐더라, 네, 춘희, 그런 인물들에게 애정이 많아요. 나오는 분량은 얼마 안 되지만 거의 주인공 못지않게 애정을 쏟으며 썼습니다. 그 시절을 함께 겪으면서 나는 교묘하게 빠져나왔지만 나보다 더 힘든 사람들은 그 길로 많이들 가게 되었지요. 분명한 것은 그 사람들도 그 나름으로 그 시대에 공헌을 했다는 겁니다.

나는 그렇게 생각해요.

『그 남자네 집』은 우선은 아름다운 연애소설이지만, 결혼 이후 선생의 삶을 비교적 사실에 가깝게 재현한 자전적 소설이기도 하고, 선생의 소설이 대개 그러하듯 한 시절의 풍속화로서도 손색이 없는 작품이다. 그 풍속화 안에 '춘희'라는 인물이 있다. '나'의 소개로 미군 부대 PX에서 근무하게 되고, 미군 부대 근처로 방을 얻어 집을 나가고, 그 이후에는 결국 '양색시'의 길로 접어들어 흑인 군인과 결혼하고, 결국 미국으로 건너가 일가족 모두를 그곳에 정착시켜 살게 하는 인물. 춘희는 '나'에게 양가적인 느낌을 불러일으키는 인물이었을 것이다. 한편으로 춘희는 '나'의 삶이 조금이라도 어긋났더라면 꼼짝없이 휩쓸려갈 수밖엔 없었을 길을 보여주고 있고, 다른 한편으로 그녀는 그 시절 우리 모두의 삶을 가장 험하고 고통스러운 자리에서 떠받친 여성들의 한 상징이기도 하다. 이 소설을 쓰면서 작가는 그녀의 삶에 제 몫의 존엄을 되돌려주려한 듯 보인다. 소설의 끝부분에는 춘희가 자신의 목소리로 자기 삶을 되돌아보는 대목이 10여 페이지에 걸쳐 이어진다. 이 대목에서 춘희에 대한 작가의 애정은 지극하다.

안 그래도 이번주 『한겨레21』이 미군 기지촌에 있었던 할머니들을 특집 기획으로 다루고 있는데, 기사 타이틀이 〈국가가 포주였다〉로 되어 있었습니다.

ㅂ 그렇죠, 그렇게 생각해요. 지금은 외화가 넘친다고 하는데, 사실

그때 우리가 획득할 수 있는 것은…… 그때는 일종의 차관, 무상 원조라는 게 있었죠. 그래도 돈을 아무것도 없이…… 여자니까 그걸 할 수 있었죠. 그리고 지금은 돈이 많아서 부모들이 애들을 밖으로 내보냅니다만, 그때는 여자가 미군과 결혼하면 딸린 식구들이 모두 다 외국으로 갔었어요. 어떻게 해서 운이 좋으면 백인과 결혼하는 경우도 있었지만 대부분은 흑인과 결혼했었지요. 그렇게 외국으로 나가서 성공한 사람도 있고.

저희 세대들도 이런저런 자료들을 읽어 대강은 알고 있습니다만, 아무래도 생생한 체험의 소산인 선생님의 기록과는 그 실감이 다를 수밖에 없습니다. 『그 남자네 집』을 이미 쓰시긴 하셨지만, 전후 시대와 박정희 시대를 아우르는 시기에 선생님께서 보고 들으신 것들을 『싱아』나 『산』처럼 사실에 즉해서 써주셔도 좋겠다는 생각이 듭니다. 그게 저희들한테는 더할 나위 없이 소중한 기록이 될 테니까요. 아무래도 제가 기어이 3부작을 만들어내고 싶다는 욕심이 있어서 자꾸 이러는 것 같습니다. (웃음)

ㅂ 근데 참 이상해요. 이번에 『현대문학』 2월호에 산문을 하나 썼는데, 거기에 내가 나는 20세 때 성장이 멈춘 것 같다는 이야기를 했어요. 왜냐하면 스무 살 때까지의 일들은 명확하게 기억이 나거든요. 『싱아』와 『산』을 그 기억들로 썼습니다. 나보고 기억력이 좋다고들 하는데, 그건 아닌 것 같은 게, 스무 살 이후의 일들은 명확하지가 않아요. 왜 그런가 하면, 전쟁 나기 전에는 친정

에서 잘 보호받으며 살았고 결혼 이후에도 시댁에서 그냥 편안하게 살았단 말이에요. 애도 여럿 낳았지만 살림도 그만큼 불어나서 크게 어려움 모르고 살았습니다. 밖에서 어떤 일이 일어나는지 잘 몰랐어요. 남편이 굉장히 가부장적인 사람이라 여자에게 살림 걱정을 시켜선 안 된단 생각이 강했어요. 쌀이니 연탄이니 이런 것들도 넉넉했고 아이들 등록금도 별 어려움 없이 대주었고…… 이러다보니 애 낳고 살림하고 이런 거 외에 당시 세상이 어땠다 하는 기억이 별로 없어요. 4·19 때나 박정희 시대에도 세상 풍파가 엄혹했으니까 동기간에 누가 어떻게 될 수도 있고 그랬을 텐데 그런 일도 없었습니다. 아이 낳고 살림한 기억밖에 없어요. (웃음)

스무 살 때부터 마흔 되실 무렵까지는 그렇게 주부로서 어머니로서 생활하시다가 마흔에 불현듯 소설을 쓰게 되셨군요.

ㅂ 제가 별안간 글을 쓰게 된 계기가 있어요. 『나목』이 고故 박수근 화백 이야기잖아요, 박화백이 1965년에 돌아가시고 그 이후에 유작전이 열렸는데, 제가 그 전시회를 보러 갔었습니다. 나하고 같이 PX에서 고생했던 분인데, 그분이 살아 계실 적에 정말 힘들게 살았어요. 그런데 유작전에 가서 보니 그림도 인기가 있어서 값도 오르고 그랬더군요. 그걸 보니 기분이 참 이상했어요. 갑자기 그분에 대해서 써보고 싶다는 생각이 들더군요. 그때만 해도 내 얘기를 써보고 싶다는 생각은 둘째였어요. 그런데 그

분이랑 지금 신세계백화점 자리에 있었던 PX에서 같이 근무하다가 나는 중간에 결혼하면서 일을 그만뒀단 말이에요. 그분은 PX가 용산으로 옮겨갈 때 따라가서 계속 일을 했습니다. 창신동에 사셨다고 들었는데, 아무튼 계속 힘들게 사셨던 거지요. 같이 지냈던 기간 동안의 일은 생각이 나는데, 그 이후의 일들은 제가 자세히 알 수가 없었지요. 제가 처음에 쓰고 싶었던 것은 그분의 전기 같은 것이었는데, 그러려면 제가 일을 그만둔 이후의 일들에 대해서는 조사를 해야 되잖아요. 근데 조사를 해서 쓰는 건 또 싫었습니다. 그래서 PX 시절만 갖고 쓰기로 마음먹고 시작을 했습니다. 그러다보니 내 얘기도 쓰고 싶어지더군요. 그렇게 쓰다보니까 전기가 아니라 소설이 되었습니다. 그게 당선이 돼서 소설가가 되고, 청탁이 와서 계속 쓰고, 그렇게 소설을 계속 쓰게 된 거지요. 그 이후에도 한국전쟁 때 얘기를 많이 썼습니다.

그러니까 『산』에서 다룬 내용들, 그러니까 한국전쟁 때까지의 일들과는 달리, 그 이후의 일들은 가족 내적인 경험으로 한정돼 있다보니 그것을 쓰면 개인사적인 정리는 될지언정 사회사적인 것과 연결되기는 어렵다는 말씀이시네요. 무슨 말씀이신지 잘 이해가 됩니다. 그래서 결혼 이후의 일들에 대해서는 『싱아』나 『산』과 같은 방식의 작업으로 새삼 정리하기보다는 그간 발표한 소설 속에 녹여놓은 것으로 충분하다고 생각하신 거로군요. 이를테면 『그 남자네 집』은 비록 엄격한 사실기록은 아닐지언정 결혼 이후의 시기를 개인사적으로 정리해본 작업의 일환인 셈이고요.

ㅂ　　네. 그 작품은 소설에 나와 있는 그대로 '그 남자네 집'에 가보게 되었다가 시작된 것입니다. 『싱아』와 『산』을 잇는 작품으로 생각하고 시작한 건 전혀 아니에요. 지금은 작품활동을 안 하지만 소설가 이규희라고 있습니다. 좋은 작가였지요. 그이와는 지금도 친하게 지내요. 그분이 돈암동 성신여대 쪽으로 이사를 가게 됐어요. 그런데 본래 나는 돈암동 쪽에 잘 안 갑니다. 내가 예전에 거기에 살 때 성북경찰서니 이런 데서 참 힘든 고초를 여러 가지로 많이 겪어서……. 근데 그이가 그쪽으로 이사를 가서 그 집에를 갔다가 우리 살던 집이 아직 남았나 하고 가봤었지요. 내가 살던 집은 없어졌는데 골목 밑에 있는 그 남자네 집은 남아 있더군요. 그 이후에도 한 번 다시 가봤는데 들어가진 않았어요. 나중에 방송국에서 소설에 나오는 그 남자네 집을 찍고 싶다고 같이 가자는 걸 못 찾았다고 하고는 안 가르쳐줬어요. (웃음) 지금 그 집에 사람이 살고 있는데 누가 자꾸 가서 이러쿵저러쿵하면 그걸 어째요. 미안한 일이지요. 물론 지금 그 남자가 살고 있는 건 아닙니다만.

소설 초반부에 나오는 이야기들은 거의 사실 그대로였네요.

ㅂ　　그렇죠. 그 동네와 그 남자의 존재뿐만 아니라 그 남자가 실명失明하게 되는 설정 등도 모두 사실이에요. 내가 그 대목을 쓰면서 특별히 애써서 쓴 게 있어요. 그 남자는 6·25 때 가벼운 부상을 당하고 제대를 했어요. 겉으로는 아무런 문제가 없었지요. 연세

대 축구선수였던 사람이에요. 나보다는 한 살 어린데 정말 명랑 쾌활하고 잘생긴 청년이었지요. 그런데 그 청년이 내가 결혼한 지 얼마 안 돼서 그만 시력을 잃고 말았습니다. 뇌에서 유충이 발견됐는데 이게 정말 희귀한 병이었어요. 단지 운이 나빠서가 아닐 겁니다. 당시에는 아무도 몰랐지만 이제 와 생각해보면 분명히 전쟁후유증일 거라는 생각이 들더군요. 요새는 전쟁에 참전했다가 무슨 후유증 같은 게 나타나면 보상도 받을 수 있고 그렇잖아요? 그때는 그런 걸 몰랐습니다. 아무도 그 가능성에 대해서는 생각해보지도 않았어요. 내게 무슨 증거가 있는 것은 아니지만 그 얘길 꼭 쓰고 싶었어요. 아무도 이 대목을 읽어주지 않았지만요. (웃음)

아프고 긴 얘기를 나누었다. 그래서 화제를 바꿔보았다. 선생을 만나뵙기 전 뉴스를 통해 한국방송작가협회가 방송대본디지털도서관 개관 준비과정에서 박완서 선생의 드라마 대본 『청아』를 발굴했다는 소식을 들었다. 선생이 드라마 대본을 쓰신 줄은 몰랐다.

ㅂ 심청이 얘기예요. 뮤지컬을 한 번 같이 했었어요(방송대본디지털도서관에는 '신년특집음악극'이라는 타이틀이 붙어 있다—대담자 주). 어떤 배우가 출연했는지도 다 잊어버렸는데 뺑덕어멈만 생각이 나네요. 이름은 모르겠어요. 수다스러운 중년 연기자였는데. 최근에 〈거침없이 하이킥〉에도 잠깐 출연한 걸 봤어요. 〈호랑이 선생님〉을 연출했던 김승수 피디가 같이 한번 해보자고 해

서 했었지요.

드라마 대본을 쓰신 건 그때 한 번뿐이셨던가요?

ㅂ　네, 그러고는 잊어버렸죠. 다시 한 적이 없었으니까. 그때는 원고지에 쓸 때였는데, 매번 누가 육필원고를 달라고 해도 나는 줄 게 없었어요. 그런데 방송국에 그게 있다고 하더군요. 옛날 필름도 없어졌을 텐데 그거는 잘 보관했던가봐요. 나도 한번 보고 싶네요.

1990년대 초반부터 컴퓨터로 글을 쓰신 것으로 알고 있습니다. 다른 분들에 비해 굉장히 빠르셨어요.

ㅂ　1990년 무렵에 워드프로세서가 첨 나왔을 때부터 사용했고, 좀 있다가 컴퓨터를 썼어요. 『싱아』를 컴퓨터로 썼습니다. 우리 셋째가 영국에 있을 때 그때 서너 달 거기 가 있으면서 썼지요. 그때는 플로피디스크라는 것을 사용했었잖아요? 영국에서 쓴 작품을 거기에다 저장해서 갖고 왔는데 그걸 한국에 와서 돌리니까 작품이 거기 고스란히 들어 있는데 너무 신기했어. (웃음)

거의 20년 가까이 컴퓨터로 작업을 하셨으니까 지금은 뭐 능수능란하시겠어요.

ㅂ 아니, 잘 못 쳐요. 그래도 독수리 타법은 아니고, 다섯 손가락으로 치긴 하는데 빨리 못 쳐요. 빨리 치고 싶지도 않고. 그렇게 빨리 생각이 안 떠올라요. 한번은 급한 원고를 컴퓨터를 사용할 상황이 못 돼서 손으로 써봤는데 이상하게 못 쓰겠더군요. 그래도 어디 편지를 쓰거나 할 때는 전부 손으로 써요.

선생의 단편 중에 「나의 웬수덩어리」라는 작품이 있다. 단편이라기보다는 콩트에 가까운 짧은 글이다. 작품 속 노작가는 A4용지 서른 장 분량을 집어삼킨 386컴퓨터를 차마 버리지 못한다. 고문이라도 하고 싶을 정도로 미운 놈이지만 언제 원고를 토해낼지 모르니 버릴 수도 없는 노릇이다. 그 컴퓨터가 이번에는 망령이 들었는지 글자가 제멋대로 찍힌다. 급한 원고 때문에 할 수 없이 노트북을 빌려오기는 했으나 '웬수덩어리' 낡은 기계도 수리는 해야 할 것 아닌가. 그 안에 불후의 걸작이 아직도 매몰돼 있으니까. AS 기사가 와서 보고 하는 말이 386이 바이러스에 감염되어 그 지경이라는 것. 그 말을 듣자마자 노작가는 386 옆에 있던 노트북을 부랴부랴 딴 방으로 옮긴다. "그건 뭐하러 들고 나가고 그래요?" "바이러스에 감염됐다면서요? 이 노트북한테까지 올까봐……."

ㅂ 나는 지금도 바이러스가 뭐니? 하고 물어봐요. 이해를 못하겠어.

선생의 작품활동은 그간 쉼 없이 계속됐다. 최근 10년 동안의 작품 목록만 적어봐도 여느 젊은 작가들 못지않다. 1998년에 단편집 『너무도 쓸쓸한 당신』이 나왔고, 2000년에는 열네번째 장편소설 『아주 오래된 농담』이 나왔으며, 2002년에는 산문집 『두부』가 나왔다. 2004년에는 『그 남자네 집』을 전작으로 출간하셨다. '현대문학' 창립 50주년을 기념하여 집필한 작품이다. 2006년에는 1998년에 출간한 『너무도 쓸쓸한 당신』까지를 포함한 단편소설 전집 총 6권을 정리하였고, 이듬해에는 산문집 『호미』를 작품 목록에 보태었다. 작가의 말에 이런 문장이 있었다. "이 나이까지 건재하다는 것도 눈치보이는 일인데 책까지 내게 되어 송구스럽다. 하지만 이 나이 이거 거저먹은 거 아니다." 이 산문집이 독자들의 사랑을 받을 무렵 『친절한 복희씨』가 연이어 나왔다. 지금 이 책에 대한 독자들의 반응이 뜨겁다.

선생님, 아까 제일 마음에 드는 작품이 「대범한 밥상」이라고 하셨지요?

ㅂ　「거저나 마찬가지」도 좋아해요.

아, 그 작품은 2005년 봄에 발표됐을 당시에도 화제가 됐었지요. 거칠게 말하면 386세대에 대한 풍자로 읽히는 소설입니다. 이 작품을 쓰기로 마음먹은 무슨 계기 같은 게 있으셨던가요?

ㅂ　예전에도 운동권의 허위의식에 대해서는 많이 썼습니다. 소위 운동권 출신 인사들도 많이 알고 지내는 편인데, 제가 그들에게서 가장 참을 수 없었던 것이, 소위 민중을 위한다는 사람들이 자기 아내에게 못할 짓을 하는 모습들이었어요. 일일이 기억을 하지는 못하는데, 그것을 소재로 한 작품이 꽤 있습니다. 아니,

자기 앞에 있는 민중도 못 위하는 놈들이 무슨 민중을 위한다는 건가. 옛날에 보통 어려운 집에서는 누이를 희생시키고 오빠가 공부를 한다든지, 사법고시에 합격하면 그간 뒷바라지해온 여자를 버린다든지, 뭐 이런 일들이 많이 있지 않았어요? 그런 환경들과 관련이 있겠지만 여자에게 강압적인 운동권을 많이 봤어요. 북쪽도 얼마나 가부장적인 나라입니까.

딱히 386세대의 현재에 대해 발언하고 싶었다기보다는 인간의 허위의식에 대한 일관된 문제의식에서 출발한 소설이었군요.

ㅂ 그렇죠. 「거저나 마찬가지」에는, 그냥 스치고 지나간 에피소드이지만, 노동자가 공장에서 일하다가 손가락이 절단됐을 때 어떻게든 그 사람을 살려야겠다는 생각을 하는 게 인간의 측은지심인데, 그 순간에 그 사고를 어떻게든 이용해야 한다고, 선동의 빌미로 삼아야 한다고 생각하는 인물이 나오잖아요? 인간애가 없는 거죠. 그런 인간들을 우리가 얼마나 많이 봐왔습니까.

그래도 386세대 선배들에게 뭔가 역사적 부채감 같은 것을 갖고 있는 저희 세대에게는 다소 불편할 정도로 냉정한 소설이라는 생각도 해봤습니다.

ㅂ 훌륭한 사람도 많았겠죠. 그러나 훌륭한 사람은 안 나타나잖아요. 훌륭한 사람은 나중에 성공 못합니다. (웃음)

『친절한 복희씨』의 말미에 수록돼 있는 김병익 선생의 해설이 아름다웠다. 같은 세대의 작가를 향한 노평론가의 따뜻한 애정이 각별했다. '비로소 우리에게도 박완서에 의해 '노년문학'이 가능하다는 사실을 확인한다. 내가 말하는 노년문학은 그냥 작가가 노년이라는 것, 혹은 단순히 작품 속에 등장하는 인물이 노년이라는 것 이상의 것으로, 노인이기에 가능한 원숙한 세계인식, 삶에 대한 중후한 감수성, 이것들에 따르는 지혜와 관용과 이해의 정서가 품어져 있는 작품세계를 드러낼 경우를 말한다.' 「거저나 마찬가지」나 「마흔아홉 살」 정도를 제외한다면 나머지 작품들에는 노년의 시선과 삶이 들어와 있다. 「그리움을 위하여」나 「대범한 밥상」은 우아하게 따뜻하고 「촛불 밝힌 식탁」이나 「친절한 복희씨」는 섬뜩하다는 생각이 들 정도로 냉철하다. 그러나 노년이기에 가능한 원숙한 세계인식, 중후한 감수성, 지혜 등은 거론하기조차 새삼스러울 정도로 박완서 문학에 늘 있어왔던 것이 아닌가 하는 생각도 한편으로는 하게 된다. 선생에게 '노년문학'이라는 명칭은 어떻게 받아들여질까.

ㅂ 그런 말들은 『너무도 쓸쓸한 당신』을 냈을 때도 들었던 말이에요. 그 책에서는 이번보다 늙은이들 얘기를 더 많이 썼었지요. 그래서 저는 내 작품들은 노년층에서 많이 보겠거니 하고 생각했었어요. 그런데 어디선가 조사한 것을 보니 제 책을 가장 많이 사는 세대들이 이삼십대라는 겁니다. 깜짝 놀랐지요. "정말이에요? 정말이에요?" 하고 여러 번 되물어봤습니다.

맞습니다. 젊은이들이 선생님의 소설을 아주 재미있게 읽습니다. 김병익 선생님께서 오늘날의 노년 세대들은 예전과는 달리 지식층과 유한층에 속하는 이들이 많기 때문에 앞으로 실버문학의 수요는 더욱 늘어날 것이라고 예측하셨습니다. 아마도 그러할 것이라고 생각합니다만, 선생님 소설에 대한 젊은 세대의 수요도 예나 지금이나 많습니다. 기쁜 일이지요.

ㅂ 내 작품을 노인들이 많이 볼 거라고 생각한 이유 중의 하나는, 저도 지금까지 책을 많이 읽고 있습니다만, 우리 또래가 기본적으로 십대 때부터 책을 참 많이 읽은 세대이기 때문입니다. 지금 생각하면 어떻게 읽었나 싶어요. 일종의 교양욕구도 있었고, 뭐 그냥 허영심도 있었고 그랬지요. 공부 잘하는 애들의 그룹에서는 이 정도는 읽어야 한다는 식의 어떤 경쟁심리도 있었고 책 안 읽는 아이들을 멸시하는 분위기 같은 것도 있었단 말예요. 그래서 책이 흔하지도 않은데 빌려서라도 보고, 빌렸기 때문에 더 빨리빨리 읽어야 했고 그랬지요. 어렸을 때는 축약본 같은 것도 봤지만 좀 자라면 지루한 원본을 기를 쓰고 봤습니다. 우리가 꼭 무슨 교과서처럼 봤던 게 일본 사람들이 만든 전집이었어요. 신조사에서 나온 세계문학전집인데 지금도 몇 권 가지고 있습니다. 그게 총 서른여덟 권인가 됐는데 아무튼 그때 그걸 거의 다 독파했으니까. 그런데 사람들이 아무리 명작이라고 해도 그때 못 읽었던 건 지금도 못 읽겠더라고요. 예를 들어 『파우스트』는 끝내 읽지를 못했는데 나중에 읽으려고 해도 안 되더군요. (웃음) 우리한테는 그게 공부보다도 더 중요했어요. 그러다가 나도

이 정도는 쓰지 않을까 이런 생각을 하게 됐던 것 같아요. 대학도 들어가자마자 전쟁통에 그만두게 돼서 정통 문학교육을 받은 적도 없었는데 많이 읽어서 그나마 쓸 수 있었던 것 같습니다.

노년의 내면이 깊이 있게 드러나는 대목은 말할 것도 없고 선생의 소설에서 특히 소중한 부분 중의 하나는 노년의 시선으로 젊은이들을 바라보는 대목이다. 「그 남자네 집」의 후반부에서 커피숍에 앉아 있는 '나'가 젊은이들의 역동적인 모습을 바라보며 독백하는 장면을 예로 들 수 있겠다.

> 쌍쌍이 붙어앉아 서로를 진하게 애무하고 있는 젊은이들에게 늙은이 하나가 들어가든 나가든 아랑곳없으련만 나는 마치 그들이 그 옛날의 내 외설스러운 순결주의를 비웃기라도 하는 것처럼 뒤꼭지가 머쓱했다. 온 세상이 저애들 놀아나라고 깔아놓은 멍석인데 나는 어디로 가야 하나. 그래, 실컷 젊음을 낭비하려무나. 넘칠 때 낭비하는 건 죄가 아니라 미덕이다. 낭비하지 못하고 아껴둔다고 그게 영원히 네 소유가 되는 건 아니란다. 나는 젊은이들한테 삐치려는 마음을 겨우 이렇게 다독거렸다.

젊은이의 시선에 비친 노인을 재현하는 작품은 많지만 그 반대는 드물다. 재현의 권력은 젊은이들에게 있으니까. 그런 환경에 익숙해져서일까, 가끔 우리 젊은이들은 노인들에게는 마치 내면이라는 것이 없다는 듯 행동할 때가 있다. 그런데 선생의 소설에는 통쾌한 시선의 역전이 있다. 재현의 권력을 탈환하는 작업이라고 할까. 재미도 재미지만 계몽적인 효과도 있다. 물론 이런 것들은 박완서 문학의 힘을 설명하는 극히 부분적인 근거에 불과할 것이다.

박완서 문학의 힘을 노년 세대와 젊은 세대 운운하는 분류법으로 평가하려드는 일은 힘에 부치는 일입니다. 선생님의 소설 공간은 세대를 넘어서는 보편적인 소통이라는 것이 가능한 드문 공간 중의 하나가 아닐까 합니다.

ㅂ 그런 건 기뻐요. 우리가 글을 쓰는 이유라는 게 결국은 동시대인과 소통하고 싶어서가 아니겠어요? 모두에게 다 통하는 언어를 쓰고 있다는 건 좋은 일이죠. 주인공이 노인이건 젊은이건 그게 중요한 게 아닙니다. 중요한 건 언어라고 생각해요. 어떤 작가가 소위 '한물갔다'라는 평가를 받게 된다면 그것은 그 작가가 쓰는 언어가 한물갔기 때문이라고 생각합니다. 진부한 언어를 써서는 안 되겠다는 생각을 해요. 내가 사라져가는 언어도 많이 살려내서 쓰려고 하는 편이지만 그건 진부한 언어와는 다르다고 생각합니다.

안 그래도 선생의 문장에 대해서 말하고 싶었다. 김병익 선생도 젊은 작가들의 문장과 박완서 선생의 문장을 비교하면서 그 속도감의 차이를 음미하고 계셨다. '문장이 속도 빠르게 움직인다는 것은 마찬가지이지만 그 무게에서 가벼움과 무거움의 차이가 있고 그 내용물의 추상성과 물질성의 다름이 있다. 그것이 전 시대 문학의 사실주의 문체와 오늘의 모더니즘적 내면 문체의 차이일 것인데(……)' 이 문장을 풀어보자면 선생의 문장은 속도가 빠르지만 가볍지 않고 내용물의 물질성이 튼튼한 문장, 요컨대 '전 시대 사실주의 문체'에 가까운 문장이라는 설명이 된다.

이에 동의하면서도 나는 덧붙여야 할 것이 있다고 느낀다. 내가 보기에 문장의 속도는 문장의 양과 정보의 양이 비례할수록 빨라진다. 일정한 개수의 문장에 얼마나 많은 서사적 정보를 담을 것인가 하는 문제. 이 비례관계가 거의 일대일이 되면 대개는 소위 '대중소설'에 가까워질 것이다. 즉, 문장 하나에, 정보 하나. 그런 '대중소설'에는 '딴짓하는' 문장들이 없다. 문학에서는 이 '딴짓'이 곧 미학의 근원이기도 하다. (물론 효율적인 딴짓들이 있는가 하면, 자기가 쓰고자 하는 것을 미처 장악하지 못해 우왕좌왕하는 경우도 있고, 제 문장에 도취되어서 감상적인 동어반복을 늘어놓느라 허덕이는 경우들도 있다.) 선생의 문장은 딴짓하지 않는다. 대개는 문장 하나에 서사적 정보 하나가 얹힌다. (그것이 극대화된 경우가 선생이 더러 채택하는, 대화로만 진행되는 서술 형식이다. 「그리움을 위하여」 「마흔아홉 살」 「대범한 밥상」의 후반부가 좋은 예가 될 것이다.) 이런 면모는 박완서 문학에 좋은 의미에서의 대중성을 부여한다. 그것이 나쁜 의미에서의 대중성이 아닌 이유는 무엇보다도 문장 자체의 품격이 대중소설에 비할 바가 아니기도 하지만, 문장이 일대일로 실어나르는 그 '정보'라고 하는 것이 대개는 인간 심리의 일각을 절묘하게 캐들어가는 종류의 정보이기 때문이다. 대중소설이 다루는 것은 그런 류의 '심리'가 아니라 기능적 '반응'이다.

ㅂ 문장에 공을 많이 들입니다. 대개 단편 하나를 쓰더라도 이야기는 미리 준비되어 있잖아요? 아무 준비 없이 쓰는 게 아니라 그림을 그려놓고 있으니까 쓰다가 어디로 가는 게 아니고. 물론 장편은 더 그렇지만요. 그런데 실제로 쓰다보면, 그건 시인이 더 잘 알 것 같은데, 딱 맞는 어떤 단어나 문장을 고르는 게 참 힘들어요. 아마 퍼즐 맞추는 게 비슷할 거 같은데, 흩어진 걸 찾아서 딱 맞추는 거, 그 재미로 쓰는 것이죠. 어떤 문장을 찾아냈을 때 그 문장 덕분에 앞뒤 맥락이 살게 될 때가 있어요. 내가 쓴 것이긴 하지만 반복해서 읽고 또 읽고 하면서 그런 문장을 찾아내려고 애를 쓰죠. 소설은 너무 어려우면 안 될 것 같다는 생각을 해요. 그 소설에 담겨 있는 뜻은 심오하더라도, 뭐 심오할 것까지야 없지만, 아무튼 잘 읽히게 써야 한다는 것이죠. 그러나 쉽게 읽힌다고 해서 쉽게쉽게 썼다고 생각하면 안 됩니다. 그리고 역시 글은 아름다워야겠지요. 제가 집 짓는 일에 더러 비유를 하는데, 집이라는 게 기능적이면서도 아름다워야 하잖아요. 글이라는 것도 그래야 하겠지요. 덧붙인다면 들어가고 싶은 집이기도 해야겠지요. 이를테면 서두 같은 데서 독자를 끌어당기는 힘이 있어야 한다고 생각해요.

초고를 빨리 쓰고 나서 계속 고치는 타입이세요, 아니면 천천히 조금씩 완성해나가는 타입이세요?

ㅂ 대개는 먼저 엉성하게 써놓고 다음날 다시 읽습니다. 그리고 그

걸 어느 정도 탄탄하게 만들어놓은 다음 뒷부분을 이어가고 하는 식이지요.

쉽게 읽히지만 결코 쉽게 쓴 소설이 아니라는 선생의 말씀은 당당했다. 우리는 그 말씀이 뜻하는 바가 무엇인지를 잘 알고 있다. 다시 「그 남자네 집」의 한 대목을 옮긴다.

휴전이 되고 집에서 결혼을 재촉했다. 나는 선을 보고 조건도 보고 마땅한 남자를 만나 약혼을 하고 청첩장을 찍었다. 마치 학교를 졸업하고 상급학교로 진학을 하는 것처럼 나에게 그건 당연한 순서였다. 그 남자에게는 청첩장을 건네면서 그 사실을 처음으로 알렸다. 어떻게 이럴 수가 있냐고, 믿을 수 없다는 표정을 짓고 나서 별안간 격렬하게 흐느껴 울었다.

그래, 그렇고 그런 상황이다. 그런데 이어지는 대목에서 선생은 정확히 네 문장을 더 적었다.

나도 따라 울었다. 이별은 슬픈 것이니까. 나의 눈물에 거짓은 없었다. 그러나 졸업식 날 아무리 서럽게 우는 아이도 학교에 그냥 남아있고 싶어 우는 건 아니다.

너무 서늘해서 서럽기까지 한 문장들이다. 이별을 고하는 순간 주체의 내면에서 벌어지는 냉정한 (그러나 불가피한) 자기 합리화의 메커니즘을 이 네 문장은 그 무슨 공식처럼 보여주고 있다. 이 이상 어떤 문장을 쓸 수 있겠는가. 첫사랑이었던 '그 남자'는 이 네 문장과 더불어, 언젠가는 졸업해야 하는 '학교'가 되면서, 소설에서 완전히 퇴장하고 만다. 비유란 이런 것이다. 어떤 사실을 아름답게 반복하는 것이 아니라 흘러가는 사실을 영원한 진실로 못질해버리는 일.

선생님 소설의 힘은 체험의 압도적인 힘에서도 나오는 것 같습니다. 소설을 읽다보면 '이거 꽤나 그럴듯하다'라는 느낌을 가지고 읽을 때도 있고, 그럴듯하건 하지 않건 '이건 반드시 실제로 겪은 일일 것이다'라는 느낌을 받으며 읽는 때가 있습니다. 전자의 느낌이 '이 이야기는 어떻게 끝날 것인가'라는 궁금증을 낳는다면, 후자의 느낌은 '이 사람은 과연 어떻게 되었을까'라는 궁금증을 낳습니다. 서사학과 인간학의 차이랄까, 소설이 독자를 끌고 가는 동력원이 좀 다르다는 것이지요. 명료하게 설명하기는 어렵지만 그런 게 있는 것 같다는 생각입니다. 체험과 문학의 관계에 대해서라면 선생님 나름의 어떤 철학이 있지 않을까 하는 생각을 해봤습니다.

ㅂ　제가 대학에서는 문학교육을 못 받았다고 아까 얘기했었는데, 그래도 한창때 문학소녀일 적에 우리 문과 담임선생님이 조선일보에 연재소설을 쓰기도 한 중견작가 박노갑 선생이었습니다. 그분이 이태 동안 우리 문과반의 담임을 맡으셨는데, 그때는 국가 검정교과서가 있던 때가 아니라서 국어만 배운 것이 아니라, 고전도 배우고 문학개론도 배우고 창작수업도 하고 그랬어

요. 일주일에 한 번씩 창작수업을 했는데 그때 선생님께서 문장 교육을 아주 엄격하게 하셨습니다. 우리 반이 60명이 채 안 됐는데 그 반에서 문인이 네 명이 나왔으니까. 나하고 한말숙이 소설을 쓰게 됐고, 박명성이라는 시인과 김양식이라는 시인도 나왔지요.

그때는 해방된 지 얼마 안 됐을 때지요. 중학교 5학년이었는데 지금으로 치면 고2쯤 됩니다. 중학교 2학년 때 해방되기 전까지는 일본어 책을 읽었어요. 아까 내가 읽었다는 책들도 다 일본어 책들이었지요. 해방되고 난 이후에도 번역본이 잘 읽히지가 않아서 일어판을 주로 봤습니다. 세계명작도 읽었지만 일본 통속소설도 많이 봤어요. 일본 통속소설들이 매우 섬세했는데 우리가 그런 걸 읽고는 창작 시간에 흉내를 내곤 했습니다. 그러면 선생님께서 야단을 치셨어요. 우리는 소설가 선생님이 담임으로 오셔서 그저 황홀하기만 했는데 막상 선생님 소설을 읽어보니 너무 재미가 없는 거야. (웃음) 아주 정통 리얼리즘 작가였던 것 같아요. 그런 분이셨으니 체험이 실리지 않은 글, 어른 흉내내고 미사여구를 따오고 하는 글을 우리가 쓰면 그렇게 싫어하셨겠지요. 한말숙과는 지금도 친하게 지내는데, 우리는 그때 그런 닭살스러운 것을 싫어하는 학생들이었어요. 그래서 선생님의 꾸지람이 통쾌했지만 우리한테도 그런 게 있긴 했으니까 전전긍긍하기도 하고. 그때 배운 가르침들이 나중에까지도 기억에 남았어요. 플로베르의 '일사일언' 그런 것들도 그때 다 배웠습니다.

아무래도 후배 작가들의 소설을 읽으실 때도 체험의 힘이 십분 발휘된 듯 보이는 작품들을 높게 평가하실 수밖에 없겠습니다.

ㅂ 글쎄요. 체험 안 한 거라도 체험한 것처럼 쓰는 게 제일 좋겠지요. (웃음) 당연히 제가 쓰는 이야기들도 모두 체험한 것들은 아닙니다. 그래도 그런 건 있어요. 뭐든 체험한 듯한 상태가 될 때까지 가야 쓸 수 있습니다. 내가 등단 초기에는 남자들 얘기도 많이 썼어요. 그런 걸 쓰는 동안에는 남자가 돼야 하는 것이죠. 배경도 그렇습니다. 주인공이 상계동에 살면 좋겠다 싶으면 상계동에 가봅니다. 골목 하나까지 사실대로 묘사를 하지는 않는다 하더라도 실제로 그 골목에 가보면 뭔가 내 감수성을 건드리는 분위기라는 게 있을 거니까요. 나한테 자기 얘기를 써달라는 사람들이 가끔 있어요. 누가 내 옆에 와서 아무리 수다를 떤다 한들 그걸 쓰지는 않지요. 그런데 내 주파수를 건드리는 이야기가 있습니다. 사람들이 전철에서 수다떠는 것을 듣다가도 그것이 내 상상력을 자극하고 그러면 그게 작품이 될 때가 있지요.

선생의 레이더는 전방위다. 아무래도 당대의 문화적 트렌드라는 것은 젊은이들의 전유물이기 십상일 텐데, 그것이 얼마나 가소로운 편견인가를 증명이라도 하듯 당대 문화에 대한 선생의 소양은 깊었다. 처음 아치울을 찾았을 때에도 선생은 광화문 시네큐브에서 상영하는 영화를 예매해놓고 계셨다. 독일 영화 〈미필적 고의에 의한 여름휴가〉라는 작품이었다. 멀리 갈 것도 없이 「친절한 복희씨」와 〈친절한 금자씨〉의 내밀

한 관계를 생각해보면 될 것이다. 선생께서는 그 영화를 보고 소설의 영감을 얻은 것이 아니지만, 처음부터 복수라는 소재를 염두에 두고 소설을 썼기 때문에, 서로 통하는 데가 있는 그 영화에서 제목을 끌어온 것이라고 말씀하셨다. 선생은 문학사의 원로작가가 아니라 당대의 젊은 작가다. 라이벌이 될 젊은 작가들의 소설은 어떻게 읽으셨을까.

ㅂ 좋아하는 작가 많아요. 그래도 어디 가서 그런 얘기 하라고 하면 안 해요. (웃음) 굉장히 뜬 작가인데도 나는 도대체 느낌이 오지 않는 작가도 있고 그렇지요. 사람마다 다르니까요. 아, 이 작가는 뭔가 되겠다 싶은 느낌이 오더니만 아니나다를까 잘되는 경우도 많았습니다. 그렇게 맞히고 나면 흐뭇합니다. (웃음)

이런 건 참 우리와 다르구나 하는 느낌을 받으실 때가 있으십니까?

ㅂ 젊은 세대는 문학의 세례를 우리와는 전혀 다른 데서 받은 것 같아요. 나 같은 경우에는 글을 써야겠다는 생각을 하지 않고 그냥 산 시간들이 먼저 있었잖아요. 그걸 주부로서의 삶이라고 친다면, 그냥 주부로서의 삶에 성실했다고 할까, 그러면서 이웃들도 사귀고, 이런 기간이 꽤 있었습니다. 그 당시에는 잘 모르지만 그런 시간들이 나중에 보면 다 문학수업이기도 합니다. 꼭 전쟁 같은 극한의 체험을 하지 않더라도 말이에요. 박노갑 선생님께서 그런 질문을 하신 적이 있어요. 포도주가 만들어지려면 뭐가 필요하냐. 우리는 포도, 소주, 설탕 뭐 이런 대답을 내놓았는데 선

생님의 대답은 '시간'이었어요. 이 질문은 아직도 잊히질 않고 있습니다. 밖으로 분출되지 않으면 안 될 때, 그때 써야 하는 것이 아닌가 하고 생각해요. 젊은 작가들, 다들 재주들은 많은 것 같아요. 그런데 처음부터 '나는 글을 쓴다' 이런 식으로 생각하지 말고 그냥 생계를 위해 하루하루를 사는 보통 사람의 생활을 체험하는 일이 필요할 거라는 생각이 들어요. 체험과 상상력이 행복하게 결합되어 있지 않고 상상력만 과잉되어 있는 작품들은 읽고 나면 좀 허망해요.

요즘 생활은 어떠십니까.

ㅂ 요새 너무 젊음, 젊음, 그러잖아요? 저도 사실은 젊었을 때 그랬어요. 늙으면 무슨 재미로 사나? (웃음) 저러고도 사는 재미가 있나 그랬는데, 우리는 젊은 사람들이 그렇게 볼까봐 늙어도 사는 게 재밌다고 말합니다. 그리고 우리 딸들도 앞으로는 백 살까지 살 수 있다 그런 말을 해요. 그럴 수도 있겠죠. 그래도 일흔, 여든은 내가 젊었을 때 내 인생 계획에 없었던 나이예요. 그렇잖아요? 어려서야 마흔까지밖에 생각을 안 했지만 철이 나고 나서도 일흔, 여든은 생각을 못했어요. 평균 연령이 거기까지는 안 됐으니까요. 그래서 더 하루하루를 꽉 채워서 재밌게 살아야겠다는 생각을 해요. 지루하게 살 것 없잖아요? 그러면 다 재밌어요. 싫은 건 안 하고 재미없는 것도 안 하고요. 그래서 마감에 쫓겨가며 원고를 쓴다든가 누구

하고 약속을 해서 그걸 지키려고 한다든가 하는 일은 결코 안 하려고 합니다. 그냥 즐기면서 쓰고 싶어요. 또 쓰고 싶은 게 자꾸 생기고 그래요. 물론 쓰려고 앉기까지는 한참 걸리지만 머릿속에서 글감들이 몇 가지는 왔다갔다해야 기분이 좋습니다. 그런 게 없으면 돈 한푼 없을 때보다 더 비참해요. (웃음)

박완서 문학은 장악掌握의 문학이다. 그 손바닥 위에 올라가면 모든 게 다 문학이 된다. 그 손이 인간의 욕망을 쥐락펴락 그려낸다. '뭘 자본주의씩이나, 적나라하게 그냥 돈으로 했으면 좋았을 것을.'(작가의 말, 『아주 오래된 농담』) 그러게, 뭘 욕망씩이나, 적나라하게 그냥 욕심이라고 하자. 선생의 소설에서 인간은 대개 어떤 숭고한 가치가 아니라 작지만 집요한 욕심에 의해 움직인다. 한 인간으로서의 선생의 삶은 어찌 보면 인생의 여러 단계를 거쳐오면서 각각의 단계에서 인간이 붙들리게 되는 그 욕심의 세부를 낱낱이 장악해온 과정이 아닌가 한다. 어린아이, 젊은이, 중년, 노년, 그 어떤 연배의 인물들도 선생의 소설에서는 자신을 그럴듯하게 포장하는 데 실패하고 만다. '나는 그 남자가 노모를 가혹하게 착취하는 걸 부추겼다고는 할 수 없어도 말리지는 않았다.' '그가 어머니와 누나를 무차별적으로 착취하도록 부추긴 건 내가 아니었다고는 못하겠다.' 이것은 선생 특유의 수사학이다. 누구건 '~가 아니라고는 말 못하겠다'라고 실토할 수밖에 없도록 만드는 것, 그것이 장악의 문학이다. 그 문학을 교재 삼아 우리는 40년간 마음공부를 해왔다.

『문학동네』 2008년 봄호

ㅂ

미움이 아닌 사랑으로서의 글쓰기

박혜경
문학평론가

강점기의 책 읽기

주로 작품을 통해 선생님을 뵙다 이렇게 가까이서 얘기를 나눌 기회를 갖게 되어 무척 설레는 마음입니다. 1970년에 등단하셔서 올해로 40년째 작품활동을 해오고 계신데, 일전에 어떤 신문 인터뷰 기사를 보니까 '영원한 현역 작가라는 명칭으로 불릴 때 제일 기분이 좋다'라는 말씀을 하셨더라고요. 선생님께서는 오랫동안 작품활동을 해오셨을 뿐 아니라 나이드셔서 쓰시는 작품들에서도 젊으셨을 적의 작품들 못지않은 파워와 젊음을 보여주고 계십니다. 나이드셔서 쓰시는 작품들이 오히려 더 좋아진다는 느낌도 들고요. 선생님의 작품들을 읽다보면 그 젊음을 유지하실 수 있는 힘이 어디서 나오는지 놀라울 때가 많습니다. 처음 선생님께서 등단하실 무렵에는 여성 작가들이 '여류'라는 이름으로 불리는 등, 여성들의 문학활동에 대한 사회적 편견도 있을 때였고, 또 개중에는

40세에 등단한 주부 작가가 앞으로 쓰면 얼마나 쓰겠는가, 라는 부정적인 시선도 있었을 것 같은데요.

ㅂ 여성지로 등단을 했는데 그때는 등단할 데가 많지 않았어요. 당시 심사위원이셨던, 지금은 돌아가신 강신재 선생님이 아마 나를 두고 하신 말씀이신 듯한데, '문학적 재능이 있다고 생각하는 사람들이 누구든지 자신의 독특한 경험(이를테면 『나목』의 PX 이야기 같은 것을 두고 하시는 말씀이셨겠지요)을 가지고 한두 편의 작품은 쓸 수 있는 거 아니냐, 앞으로 계속 쓸 수 있을지 그게 우려스럽다'라는 말씀을 하셨다고 들었어요. 물론 애정 어린 말씀이셨겠지만 '두고봐라 난 안 그럴 거다'라는 생각을 했었죠. (웃음)

학창 시절에는 어떻게 문학과 만나셨나요?

ㅂ 학교 다닐 때 책 읽는 걸 좋아했고, 지적 허영심 같은 것도 있었겠지만, 맘이 맞는 친구들 몇몇이서 경쟁해가면서 책을 읽곤 했죠. 당시 한말숙과 같은 반이었는데, 공부도 곧잘 하던 친구들이 대학 시험에 연연하지 않고 문학전집 같은 것을 읽고 얘기를 나누거나, 누가 무슨 책을 읽었다 하면 지지 않으려고 글씨가 깨알 같은 책들을 서로 돌려가며 열심히 읽었죠. 그때의 향수 때문에 옛날 책들을 지금도 가지고 있어요. 당시 책들은 모두 일본 책들이었죠. 중학 2학년 때 해방이 됐지만 해방되자마자 우리말로

된 책이 출판되진 않았기 때문에 책들이 무척 귀했죠.

당시 박노갑 선생님이 문예반 선생님이셨죠?

ㅂ 절 많이 예뻐해주셨죠. 작문 · 창작 시간이 있었는데, 당시 선생님으로부터 칭찬받았던 게 나중에 힘이 많이 됐죠. 지금은 자식이 글을 쓰거나 소설 쓰기를 바랄 수 있지만, 당시는 작가가 여성의 직업으로 마땅치 않았죠. 저희 엄마는 특히 선생님이 되라고 하셨어요. 엄마들이 보기에 선생님이 된다는 건 여성이 남자와 동등하게 월급 받고 대접받는 최고의 직업으로 보였겠지요. 아마도 엄마가 딸에게 기대했던 최고의 목표가 선생님이었던 것 같아요. 내 생각에도 대학교 가고 6 · 25가 안 났으면 선생님이 됐을 수도 있었을 것 같아요.

『나목』에 꽃피다

마흔 살에 데뷔를 하셨는데 마흔이면 세계관이나 삶이 어느 정도 안정되는 시기잖아요. 지금 생각하면 늦은 나이에 등단하신 게 오히려 작품 활동을 길게 하시는 데 도움이 됐을 것 같기도 해요. 『나목』으로 등단하시자마자 바로 문단의 주목을 받는 작가가 되신 셈인데, 젊은 나이셨으면 그와 같은 갑작스러운 주목과 관심을 컨트롤하기가 어려우셨을 수도 있지 않을까 싶거든요. 늦은 나이에 등단하셔서 갑작스레 문단의 주목을 받는 작가가 되신 게 부담스럽거나 걱정되지 않으셨나요?

ㅂ 당시 강신재 선생님이 '후속작이 나올까'라고 걱정하실 때도 사실 전 하나도 걱정이 안 됐어요. '6·25가 없었어도 내가 글을 썼을까' 하는 생각을 하곤 하는데, 그때 스무 살 스물한 살 무렵에 힘든 시기를 겪고 남다른 경험을 하고 하면서 내가 '이걸 잊지 말고 기억해야겠다, 언젠가는 내가 이걸 쓰리라'라는 생각을 많이 했죠. 그런 생각이 그 고통스러운 시절을 견디게 하는 힘과 위로가 되어준 것 같아요. 빨갱이로 몰렸다가 반동으로 몰렸다가 그러면서 부대낄 때 얼마나 이상할 일을 다 겪었겠어요. 지금도 이념이라면 지긋지긋해요. 언제나 위로가 됐던 건 '언젠가는'이라는 생각이었죠. 그러고 나서는 정말 처자식만 알 것 같은 남자한테 시집가서 편안하게 살고. 왜 돈 벌고 집안을 책임지는 게 아니라 세상을 바꿔보려는 남자들이 있는 그런 집안이 있잖아요. 그런 집안이 너무 싫더라고요. 나더러 왜 좀더 일찍 소설을 쓰지 않았냐고 하는 사람도 있는데, 내가 스물셋에 결혼해서 스물네 살에 첫애를 낳고 한 해 걸러 다섯을 낳았으니, 요즘 말로 하면 베이비붐 세대죠. 그애들을 떼놓고, 그렇게 독하게는 못하겠더라고요. 막내가 초등학교 입학하자마자 '이제 내가 하고 싶은 일을 할 수 있겠구나' 생각했지만 그게 다시 학교로 복학하는 일은 아니었어요. 그때 할 수 있었던 게 6·25 얘기를 쓰는 거였죠.

선생님의 작품 연보를 살펴보니 소설과 산문집을 포함해서 거의 한 해도 거르지 않고 한 권 이상의 책을 꾸준히 내오셨더라고요. 그동안 선생님께서 써오신 책들이 커다란 서가 하나쯤 너끈히 채울 양이 되겠다 싶을 정도로 엄청난 필력을 보여주셨는데요. 선생님께서 쓰신 산문 중에는 '등단한 후 앞으로 문학을 할 거냐 말 거냐로 심각한 고민을 했고 고민이 일단락되고 난 뒤 비로소 지독히 열심히 쓰리라는 생각을 하면서 습작을 시작했다'는 내용이 있더라고요.

ㅂ 나더러 습작을 안 했느냐, 왜 습작기가 없었느냐 한다면, 난 아무것도 쓰지 않고 그냥 살아왔던 시간도 중요하다고 말해주고 싶어요. 사실 애 다섯을 낳아서 키우다보면 아무 생각도 못하죠. 애들 어렸을 땐 누구 하나 손톱 깎아달라고 하면 나머지 애들이 다 덤벼요. 애 다섯이면 손톱발톱 모두 합쳐 백 갭니다. 또 지금은 다들 급식하잖아요. 당시에는 모두 도시락 싸서 다녔어요.
금년에 60세 된 이도 등단했다는 얘기를 들었는데, 제가 등단할 당시는 나이 사십에 등단한다는 게 매우 특이한 일이어서 늦게 문단에 나온 게 창피하기도 했죠. 우리 큰딸애가 경기여고 2학년에 다닐 무렵이었는데, 신문 연재할 때도, 또 당시 새로 생긴 『월간문학』이라는 잡지에서 청탁을 받았을 때도 걔가 원고를 갖다주곤 했죠. 내가 직접 원고를 갖다준 적은 없어요. 그후에 습작기가 그때였다고 말한 것은, 나한테 당선됐다고 통보하러 온 사람이 "앞으로 굉장히 바쁘실 겁니다" 그래서 "왜요?" 그랬더니 "앞으로 원고 청탁이 많이 올 겁니다" 하더라고요. 그래서 맘이 많이 두려웠죠. 원고를 써서 내면 그게 그대로 활자가 돼서 나올 텐데, 그때는 활자가 왜 그렇게 무서웠던지, 내 글이 활자가 된다고 생각하니 겁이 났어요. 『나목』만 해도 심사위원이 괜찮다고 그래서 활자가 된 거 아니에요? 그래서 내가 완성된 원고를 좀 가지고 있어야 되지 않나 하는 생각으로 단편이라는 걸 처음으로 몇 편 썼죠. 당시는 아는 작가도 없고, 말숙이는 등단해서 10년이 넘었을 때지만 친구한테 이게 소설이 되는지 안 되는지 봐달랄 수도 없고. 그때 『나목』 심사위원 중에 연세대에 계셨던 박영준 선생님이 계셨는데 그분이 당선됐을 때 직접 축하 전화를 주셨어요. 끝을 이렇게 고치면 어떻겠냐고 아주 친절하게 말씀도 해주시고, 문단에서 목소리라도 들은 분은 그분밖에 없었어요. 그분 집이 어디냐고 누구한테 물었더니 북아현동에 사신다고 하데요. 그때만 해도 시상식을 잡지사 사장실에서 간단히 하고 심사위원은 아무도 안 오셨더랬죠. 그래서 시상식 후 그분한테 작품 몇 편을 들고 인사를 갔어요. 이게 소설이 된 건지 아닌지 자신이 없으니 선생님께 봐주십사 부탁을 했죠. 「어떤 나들이」 같은 작품이 그때 쓴 거예요. 2~3편 정도를 갖다 보여드렸더니 괜찮다고 하시면서 『현대문학』에 가져가보라고 명함에 당신의 이름을 써주셨는데, 난 그냥 안 가져갔어요. 그후 1년이 지나도 청탁이 안 오데요. 『월간문학』이 생겼을 때 이문구 선생님이 주간으로 계셨는데, 우리 딸애가 원고를 가져가서 그랬는지 경기여고로 연락이 왔더라고요. 이문구 선생님의 청탁이 첫 청탁이었어요. 그래서 지금도 이문구 선생님을 안 잊어버리죠. 그때 발표한 게 「어떤 나들이」였고.

그럼 그 작품이 단편으로선 첫 발표작이었나요?

ㅂ 그랬죠. 그 작품이 재미있었는지 그다음에 『현대문학』에서 청탁이 오고, 내가 『여성동아』로 나왔으니까 세번째로 『여성동아』에 『한발기旱魃記』를 연재하고 그랬죠. 그러고는 내가 다 쓸 수 없을 정도로 청탁을 많이 받는 작가가 됐어요.

어머니의 유산

몇 년 전 제가 들은 얘긴데요. 선생님께서 '하여간 작품을 써내기만 하면 상들을 줘서 무서워서 작품 못 쓰겠다'고 하셨던데요. (웃음) 선생님께서 소설에서나 산문에서 어머니 얘기를 많이 해오셔서 어머니 얘기를 안 할 수가 없는데요. 선생님의 작품에 나타난 어머니의 모습은 굉장히 강단이 있으시고, 자아 성취에 대한 욕구도 무척 강하셨던 분으로, 요즘 세상에 태어나셨으면 아주 유능한 커리어우먼이 되셨을 것 같아요. 또한 어머니께선 바느질하면서 이야기하시다가 '장비야 칼 받아라!'라며 바늘을 휘두르시면 바늘이 정말 칼처럼 보일 만큼 이야기를 실감나게 하시는 탁월한 이야기꾼적 기질이 있으셨다면서요? 선생님께서는 자신이 어머니의 그 기질을 물려받은 것 같다고 여러 글에서 말씀하셨죠. 뿐만 아니라 어머니는 무엇보다도 딸에게 양질의 근대적 교육환경을 제공해주셨잖아요.

ㅂ 내가 아는 고전은 대부분 엄마를 통해 들었죠. 사실 엄마가 절 만든 거죠. 내가 세 살 적, 건강하셨던 아버지가 데굴데굴 구를 정도로 배가 아파하시는 걸 급체일 거라고 할아버지가 약방문 내서 한약을 지어오고…… 옛날의 선비들은 대개 약간의 한약 지식들이 있었잖아요. 일종의 선비의 기본 교양이었다고 할까요. 그러다가 결국 아버질 달구지에 싣고 개성 시내 고려병원에 갔는데, 그때 벌써 복막염이 된 거예요. 맹장염이 복막염이 된 거죠. 수술을 했지만 아버진 돌아가셨고, 엄마는 그후로 그 병원 앞을 지나가지도 않았어요. 엄마는 늘 '도시에만 살았어도 절대로 아버지가 안 돌아가셨을 거'라고 생각했고, 그래서 자식들은 서울에서 길러야 되겠다고 하신 거죠.

『나목』 쓸 때 식구들 모르게 글을 쓰느라 고단할 적이 많았어요. 애들이 학교 가 있는 동안 틈틈이 몰래 쓰고, 식구들 중에서도 남편이 알게 되는 걸 제일 꺼렸죠. 당선이 안 되면 어떡하나 하는 생각을 하지 않을 수 없었으니까요. 그럴 적에도 엄마 생각을 많이 했어요. 남편하고 연애하고 결혼하면서 대학도 중간에 그만뒀지만, 오빠가 없어서 가난했어도 내가 대학에 다시 다니겠다고 했으면 엄마가 어떻게 해서든지 시켰을 겁니다. 그때는 그냥 시골에 두어도 되었을 텐데, 날 공부시킨 엄마가 많이 부담스러웠죠. 엄마가 나에게 거는 기대도 그렇고. 그후에는 편안한 남편 만나 잘 살면서도 '우리 엄마가 나한테 바라는 건 이건 아니었을 것 같다'라는 생각을 많이 했어요. 엄마가 최고로 치는 건 선생님이었고, 촌부가 서울에 와서 신여성을 보고 유일하게 동경한 직업을 딸이 하길 바랐는데, 그 딸이 결혼하고 평범하게 살아버리는 것에 대해 서운하셨을 것 같다는 생각도 하고, 내가 당선이 돼서 신문에 나는 걸 엄마가 보셨으면 얼마나 좋아하실까, 이런 생각도 많이 했지요. 내가 내 자신을 격려하는 데 엄마의 맘을 보탠 셈이죠.

선생님께서 결혼하시기 전에 가졌던 어머니에 대한 생각과 결혼 후 딸들을 키우면서 어머니를 회상할 때의 마음이 다르실 것 같아요. 나이드시면서 어머니에 대한 생각이나 기억이 변화된 부분이 있으세요?

ㅂ　엄마와 내가 살았던 시대가 달라서 그렇지, 내가 엄마를 많이 빼닮았다는 것을 느껴요.

선생님 작품에서 딸이 어머니에 대해 반발하는 모습을 보여줄 때는 두 분이 너무 기질적으로 닮으셔서 그런 거 아닌가 하는 생각도 듭니다.

ㅂ　그래도 엄마와 그렇게 충돌하거나 하지는 않았어요. (웃음)

제가 자꾸 작품 속의 인물과 선생님의 실제 모습을 혼동하나봐요. (웃음) 선생님도 네 딸을 키우셨기 때문에 엄마의 입장에서 딸들에 대한 얘기를 하거나 모녀간의 이야기를 소재로 한 소설을 쓰실 법한데, 그런 작품들은 별로 기억나는 게 없어요. 『휘청거리는 오후』나 『서울 사람들』에 딸들을 결혼시키는 얘기가 나오긴 하지만, 그걸 딱히 모녀 관계를 다룬 작품으로 보긴 어려울 듯하고요. 그 대신 딸의 입장에서 어머니의 이야기를 들려주는 소설들은 많잖아요. 아마도 그건 선생님이 성인이 되신 후에 어머니로서 겪은 경험보다는 성장기에 딸로서 겪은 경험이 선생님의 삶 속에서 더 강한 정서적 인력으로 작용하고 있기 때문이 아닌가 싶은데요. 엄마의 입장에서 딸들을 키운 경험이나 모녀 간의 갈등 같은 것을 소설로 쓰시려는 생각을 해보시진 않으셨나요?

ㅂ 암만해도 소설 어딘가에 있지 않겠어요? 『휘청거리는 오후』를 쓸 때가 우리 큰딸애가 대학교 다닐 적인데, 소설을 읽다가 "이게 나야?"라고 그러데요. 전혀 아니죠 뭐. (웃음)

나를 키운 '개성'

선생님께서는 사람들의 마음 깊이 숨겨져 있는 이기심이랄지 체면 뒤에 숨겨놓은 세속적 욕망들을 신랄하게 끄집어내시는 데 누구보다도 뛰어난 재능을 보여주시는데요. 제 생각에는 그게 겉치레보다는 실질적인 것을 중시하고 현실에 대한 합리적인 감각이 뛰어났던 개성 분들의 기질과 통하지 않나 싶어요. 『미망』에 그런 개성 사람들의 기질이 잘 표현되어 있죠. 선생님 소설의 사실주의적 감각도 그런 개성 사람들의 기질적인 특징과 연관이 있지 않나 싶은데요. 몇 년 전 개성에 가셨더랬죠?

ㅂ 몇 년 전에 개성공단엘 갔었죠. 그때 무슨 개업식에 참석하고 개성 시내에서 식사를 한다 해서 갔었는데, 개성 시내 가는 코스는 도로를 고쳐 못 간다 하고는 결국 공단 안에 뷔페를 차려놓고 식사를 하라더군요. 그후로 개성에 다시는 안 갔죠. 우리 마을에 갈 수 있으면 가겠지만. 우리 마을은 지금 찾아가래도 찾아가요. 여덟 살에 떠나왔으니 어떻게 찾아가나 할 수도 있겠지만 그건 기억력이 좋아서 그런 게 아니에요. 6·25 전까지도 개성 집이 있었거든요. 박적골을 떠나왔어도 여름방학 겨울방학이면 돌아갈 할머니 할아버지가 거기에 계셨으니까. 서울 애들과 잘 못 사귀고…… 그래서 방학 때 시골 가는 게 큰 낙이었죠.

개성 사람들의 삶이 난 참 좋아요. 개성 사람들은 참 집치장을 잘해요. 개성 시내에는 으리으리하게 하고 사는 집들도 많았어요. 우린 시골집이라도 번듯하게 사랑채가 있고, 후원에 꽃도 많이 기르고, 난 농촌은 다 그런 줄 알았죠. 개성역에 내려서 우리 집까지 가는 동안 쭉 이어지는 농촌의 모습이 그렇게 좋았어요. 우리 어머닌 개성 사람이 아니고 벽제면이라는 서울 근교 사람이어서 딸을 서울에서 교육시키고 싶어하셨죠. 그런데 옛날에는 장리빚이라는 게 있어서 보통 시골에서들은 곡식이 떨어지면 부잣집에서 다음 추수 때까지 장리로 곡식을 빌려다 먹곤 했다는데, 엄마가 시집와보니 개성 사람들은 장리빚이라는 걸 모르더래요. 그만큼 개성 사람들은 자기 먹을 만큼의 농사를 지을 정도로 풍요로운 편이었죠.

전에도 간간이 할아버지 얘기를 해오셨지만, 얼마 전 『현대문학』(2010년 2월호)에 발표하신 소설(「석양을 등에 지고 그림자를 밟다」—엮은이 주)을 보니까 할아버지 얘기가 굉장히 자세히 묘사되어 있던데요.

ㅂ 아버지의 공백을 메워준 게 할아버지였으니까요. 할아버지 때문에 아버지가 없다는 데 대한 결핍감이 거의 없었어요. 나이 먹곤 알겠어요. 내가 네 살 때 아버지가 돌아가셨는데, 우리 오빠하고 나하고가 열 살 차이예요. 할아버지 상에 좋은 반찬이 있으면 내게 밥그릇만 갖고 오라고 하셨는데, 고깃국 같은 게 상에 올라오면 할아버지 수염이 그 속에 빠지곤 하는 게 그땐 너무 싫었어요. (웃음) 할아버지 상에 올라오는 좋은 반찬은 제가 다 먹고 천자문도 할아버지한테 배우고 그랬죠. 할아버진 어머니가 서울 가는 걸 마땅찮아하셨는데, 엄마는 과부가 되고 난 뒤 당당해지더라고요.

문학은 사랑을 쓰는 것

이젠 작품에 대한 얘기를 해보고 싶은데요. 『엄마의 말뚝』 연작의 두번째 작품으로 이상문학상을 받으셨죠. 그런데 저는 박적골 이야기가 나오는 첫번째 작품이 더 좋더라고요. 유년기의 시간과 박적골이라는 공간이 어우러져 한 시대의 풍경이 굉장히 아름답게 그려져 있지요. 이 연작은 여주인공의 삶이 박적골로부터 나와 대처로 진입하는 과정을 보여주고 있고, 그 과정에서 6·25가 일어나잖아요. 이 연작뿐만 아니라 선생님의 소설들은 계속 6·25의 트라우마를 맴돌면서도, 끊임없이 지향하는 그리움의 원형은 바로 박적골을 향해 있는데요. 돌아가고 싶지만 돌아갈 수 없는 박적골이라는 공간에 대한 어떤 드라마틱한 감정이 선생님의 소설을 떠받치고 있다는 생각도 듭니다.

ㅂ 6·25가 나고는 돌아갈 수 없는 데가 됐지만, 6·25 전까지도 늘 방학 때 거기 내려가는 게 나에게는 구원이었죠. 거기에 가면 할아버지 할머니가 계셨고, 난 지금도 내 근본이 농경민 같아요. 우리 집안은 농촌에서도 좀 다르다고 생각했던 게 주경야독이랄까, 그런 것이 생활의 근본이었고, 개성 사람의 독특한 근면, 정결 그런 것이 참 좋았죠. 물론 내가 거기에서 떨어져 살았기 때문에 내 마음속에서 더 이상향이 된 게 아닌가 싶어요. 내가 작품 속에서 유년기를 자꾸 미화한 측면도 있겠지요. 내가 서울에 올 무렵에는 할아버지의 둘째 아들이 시골을 지켰는데, 고향에서 혼자 귀염을 받다 서울로 오고 난 뒤 사촌이 태어났죠. 그때가 여덟 살 땐가? 사촌동생은 쭉 농촌에서 살다가 6·25 전에 나왔는데, 걔는 농촌생활에 대한 그리움이 요만큼도 없어요. 그러고 보면 난 떠나왔기 때문에 더 그리웠던 게 아닌가 싶어요. 난 기억이라는 게 결국은 상상력 아닌가 생각하는데, 걔하고 나하고 농촌생활을 제일 많이 공유한 사인데도 내가 쓴 걸 보면 "언니 이건 아냐"라고 해요. 걔는 농촌생활을 아주 지긋지긋해해요. 난 흙 만지고 그런 생활이 그립고, 지금도 젊고 기운만 있으면

모든 걸 자급자족하며 살아보고 싶기도 해요.

떨어져나왔다는 결핍감이 오히려 선생님의 문학을 가능케 한 힘이 된 거네요.

ㅂ 그게 상상력을 키워준 게 아닌가 싶어요.

전에도 더러 말씀하신 적이 있으시지만, 최근에 발표하신 「석양을 등에 지고 그림자를 밟다」에서도 증오와 복수심만으로 글을 쓸 수는 없다는 말씀을 하셨어요. 증오와 복수심이 아니라면 다른 무엇이 선생님의 문학을 이끌어왔다고 생각하세요?

ㅂ 내가 애들 여럿 낳고 평범하게 살 때는 글 쓰고 싶은 충동이 별로 안 일어났어요. 결혼하기 전까지는 힘든 일을 많이 겪었죠. 집에서 남자 두 사람이 죽고, 그때 막냇삼촌은 저에게 아버지 같은 사람이었어요. 막냇삼촌은 애가 없었기 때문에 그분이 돌아가신 날에는 연미사라도 넣어야지 내가 맘이 편했죠. 험악하게 돌아가셨으니까요. 남들이 다 부산 대구 이런 데로 피난 갈 때 우린 서울에 남아 있다 북쪽으로 끌려가기도 했어요. 이런 험악한 일들을 견디게 했던 것은 '내가 이걸 잊어버리지 말고 기억했다가 언젠가는 글로 표현하리라' 하는 생각이었죠. 이게 바로 내식의 복수심이 아니었던가 싶어요. 약자로서 대항할 방법이 없잖아요. 『레미제라블』에 나오는 비열한 자베르 형사처럼, 나도

'대하소설을 써서 저런 사람을 어떻게 하고 싶다'라는 막연한 생각으로 자신을 위안했죠. 그것이 아마 당시 내가 꿈꾸었던 복수로서의 글쓰기였을 거예요. 그러나 『나목』에서 전쟁통의 박수근 화백 얘기를 할 때 복수심만으로는 글이 써지지 않더라고요. 난 악인을 그리는 데 능숙하질 못해요. 혈육에 대한 사랑, 그때 만났던 사람들에 대한 사랑이 결국 글을 쓸 수 있는 힘이 됐던 것 같아요.

'엄마'가 지켜준 말뚝

6·25를 배경으로 한 작품들은 남성들의 체험을 남성들의 시각으로 그린 작품들이 대부분이었는데, 선생님의 소설들은 여성들의 체험을 여성의 시각으로 그렸다는 점에서 독보적이라고 할 수 있을 거예요. 『엄마의 말뚝』의 경우도 단지 분단 이야기가 아니라 작중 여주인공의 성장기를 따라가는 일종의 성장 서사라고 할 수 있는데, 특히 이 작품은 딸의 자기발견의 이야기인 동시에 엄마의 이름을 처음 발견하는 딸의 이야기라는 의미를 갖고 있죠. 다시 말해 이건 딸이 어머니의 존재를 발견하기까지의 긴 과정을 이야기하는 소설이라고 할 수 있는데요. 특별히 말뚝이라는 말을 제목으로 삼은 이유는 뭔가요?

ㅂ 서울에 말뚝을 박으려고 했다는 의미도 있고…… 엄마도 꿈이 있었는데, 연줄 결혼하고 해서 한이 있으셨죠. 엄마에게 신여성

이 뭐냐고 물어보면 '지 맘대로 사는 여자'라고 했는데, 아마도 엄마 나름의 자유에 대한 갈망의 표현이었겠죠. 엄마가 나에게는 새로운 세상을 주고 싶으셨지만, 엄마의 삶에는 한계가 있었고, 엄마가 나에게 주고 싶은 자유에도 한계가 있었던 것 같아요. 시골에서 소를 방목할 때도 멀리 못 가게 하기 위해 말뚝을 박잖아요. 자유를 주는 거 같아도 어느 정도의 자유 이상은 안 주는 거, 그게 아마 엄마가 나에게 주는 자유의 한계 같은 거였겠죠. 말하자면 딸 기르는 엄마의 마음을 그렇게 표현한 거죠.

제가 보기에는 『엄마의 말뚝』이야말로 진정한 의미의 페미니즘을 보여주고 있는 게 아닌가 싶어요. 분단 소설 이외에도 선생님은 동시대적인 삶의 이슈들과 관련된 작품들을 매우 기민하게 잘 써내신다는 평가를 받아오셨죠. 조금 아까 얘기했던 『휘청거리는 오후』 같은 작품도 결혼 문제를 통해 당시 중산층적인 삶의 세태를 굉장히 실감나게 묘사하고 있잖아요. 뿐만 아니라 1980년대에 『살아 있는 날의 시작』이나 『그대 아직도 꿈꾸고 있는가』 『서 있는 여자』 등의 작품들을 쓸 당시는 한창 우리나라에 페미니즘 이론이 본격적으로 소개되기 시작하던 때이기도 했는데, 어떤 계기로 이 작품들을 쓰시게 되셨나요?

ㅂ 『휘청거리는 오후』 같은 경우는 한창 잘살아보자고 하던 시대에 '사람들이 좀 잘살게 되면서 얼마나 속물화돼가나'라는 점에 굉장히 예민하게 반응했던 작품이었던 것 같고, 『살아 있는 날의 시작』 같은 작품들은 여성 상위 시대니 뭐니 하면서 여성을 추

어주는 것 같아도 실상은 그렇지 않은 현실을 보여주려고 했지요. 이를테면 종을 해방시켜주고 잘해주는 듯하면서도 실상 종문서는 꽉 움켜쥐고 있는 식이랄까요. 그렇다고 내가 급진적인 페미니스트였던 건 물론 아니고요. 그때만 해도 여자들은 남성이 바라는 여성이 되려는 의식이 강했죠. 나도 가정에만 있다가 작가가 되면서 그런 걸 느끼게 됐죠. 당시 『주부생활』이나 『여성동아』 등에서 취재를 와서는 이 여자는 살림도 잘하고 글도 잘 쓰는 여자, 글을 쓰기 위해 살림을 포기하지 않는 여자로 나를 포장하려 했죠. 그래서 장독대에 가서 장을 뜨게 하거나 시어머니가 편찮으실 적에는 시어머니 머리 빗겨드리는 장면을 연출시키더라고요. 그런 일들은 남편이나 시어머니도 안 시키던 일이었는데요. 그때만 해도 신인이니까 하라는 대로 하면서도 이건 아니다 싶었어요. 말하자면 나보고 슈퍼우먼이 되라는 거지요. 내가 무슨 선구자는 아니지만, 나처럼 일을 하고 싶어하는 여자들이 둘 다를 잘하는 건 불가능한 일이잖아요? 나도 글 쓰면서 집안일을 전부 다 하지는 않았어요. 1970년대만 해도 일하는 사람을 두고 사는 집들이 많았고, 애들한테 연탄 가는 일 등을 분담시키기도 했죠. 그런데 '난 집안일 하는 여자가 아니야, 난 써야 돼'라고 생각하다가도, 막상 원고를 쓸 때는 집안일 안 하고, 남편이 나한테 말을 시켜도 건성으로 듣고 마음은 콩밭에 가 있는 게 미안하고 싫고 그렇더라고요. 그렇지만 어떻게 사람이 여러 가지 일을 똑같이 잘하겠어요. 남편들이 위함을 받는 게 돈을 벌어오기 때문이라면, 나도 다른 일을 갖고 있고 돈도 벌고 하면 남편이 가사일을 분담할 수 있는 거 아네요? 생활 속에서 이런 걸 느끼면서 그런 소설들을 쓴 것 같아요.

선생님께서 작품들 속에서 다룬 내용들이 당시 활발하게 거론되기 시작하던 사회적 이슈들과 접목되면서 더 첨예한 느낌으로 다가올 수 있었던 것 같아요. 또 선생님의 작품들이 그런 이슈들을 더 첨예화하는 계기가 되기도 했을 테고요.

ㅂ 시대적인 거하고 접목이 되는지는 잘 모르겠어요. 전에 『꼴찌에게 보내는 갈채』도 실제 마라톤 선수로 꼴찌인 사람을 생각하고 쓴 건데, 사회 계층 속 꼴찌들이 자기 이야기라고 생각했나봐요. 당시 구로공단에서 날 연사로 나와달라고 해서 간 적이 있는데 공장에서 일하는 여자아이들이 대부분 남자 형제를 공부시키려고 그 고생들을 하고 있더라고요. 그래서 내가 "너 왜 그런 희생을 하냐? 니가 돈 벌어서 니 공부해라"고 했죠. 아마도 그 아이들은 남자 형제를 위해 희생하는 데서 자기만족을 느끼는 것 같았는데, 내가 그 아이들더러 보람 있는 일을 한다고 추어주기를 바란 거였겠죠. 그런데 내가 '왜 그렇게 사니?'라고 말해버린 거죠. 사실 당시 위장 취업했던 운동권 학생들 중에도 자기 옆의 민중은 잘 돌아보지도 않으면서 민중을 위한다고 하는 경우가 있었잖아요. 난 이념은 잘 몰라요. 나더러 페미니즘 작가라는 사람도 있던데 페미니즘 이론은 읽어봐도 잘 몰라요. 그냥 살면서 얻은 느낌으로 쓰는 거죠. 사실 작가의 밑천이라는 게 경험 아닙

니까? 축적된 경험에서 실을 뽑아먹는 거지요. 난 그냥 평범하게 사는 사람들이 좋아요. 지금 내가 살고 있는 이런 동네에서 살면 사귀는 사람도 많아요. 비슷한 사람들끼리, 그러나 또 다양한 사람들끼리 사는 동네가 좋지요. 잘난 사람 다 필요 없어요. (웃음)

6·25 체험을 소재로 한 선생님의 작품들을 보면 남자들을 적대적인 관계로 설정해놓은 작품들이 별로 없어요. 그런데 『살아 있는 날의 시작』이나 『서 있는 여자』 등의 작품에서는 남자와 여자가 적대적인 관계로 그려지고 남자들이 대부분 무척 비열하고 야비한 남자로 그려지고 있는데요. 남자들을 이처럼 부정적인 캐릭터로 그리는 게 혹시 선생님의 체험에서 나온 건가요? (웃음)

ㅂ　남자들이 실제로 그렇지 않나요? 비열하고 욕심 많고. (웃음) 난 억압의 관계가 싫어요. 평등의 관계가 좋죠. 남성 우월주의도 싫지만 여성 상위도 싫어요. 여성을 흔히 물에 비유하잖아요. 여성은 부드럽다든가 약하다든가 말하는데, 남성의 강하고 씩씩한 면과 여성의 부드러움이 조화를 이루는 게 좋죠. 여성성과 남성성은 완전히 동등한 거고 그게 서로를 보완하고 조화를 이룸으로써 행복을 추구하는 거지, 여성이 남성화되거나 여성이 남성을 닮아가거나 하는 건 아닌 것 같아요.

소설은 체험과 상상력의 결합

선생님의 작품들에는 분단과 관련된 역사적 트라우마를 형상화한 작품과 중산층의 삶을 배경으로 동시대적인 삶을 다루는 작품들이 있는데, 분단을 소재로 한 작품들과 달리 동시대적인 다양한 삶을 그리는 작품들은 체험만 가지고 쓰기에는 일정한 한계가 있을 듯해요. 작품의 소재를 찾기 위해 취재 같은 것도 더러 하시는 편인가요?

ㅂ　일부러 취재를 하거나 하는 건 안 해봤어요. 『나목』을 쓰기 전 박수근 화백 얘기를 해보고 싶다고 생각했을 때인데, 박수근 화백이 무척 힘들게 산다는 말을 들었다가 죽은 다음 나온 기사를 보고 '유작전'에 가봤어요. 일생 동안 고생하다가 죽고 난 다음에 일급 화가로 평가받았는데, 이 사람이 살았을 적의 너무 곤궁했던 시절을 쓰고 싶더라고요. 증언의 욕구가 무척 강했죠. 사람들이 모두 저기로 갈 때 난 이리로 갔다, 그래서 이 상황을 나만 봤다, 이걸 내가 글로 써야겠다는 예감이나 욕구가 무척 강했죠. 박수근 화백에 대해서도, '그 착한 사람이 어떻게 살았다'를 쓰고 싶더라고요. 미군 초상화를 제대로 캔버스에 그리는 것도 아니고 옷 안감으로 쓰던 새틴 같은 천에다 그리고, 생활을 위해 싸구려 그림을 그리면서 어떻게 살았나를 써야겠다 생각했죠. 근데, 내가 그 사람하고 1년 정도 한 직장에서 일했지만, 막상 쓰려고 보니 그 사람에 대해 아는 게 별로 없더라고요. 난 그

사람의 인간성이라든가 예술적 감각이라든가를 깊이 알고 있다고 생각했지만, 논픽션을 쓰려면 그 사람의 실제 생활을 알아야 하잖아요. 논픽션을 쓰면서 거짓말을 할 수는 없고, 그렇다고 그 사람의 미망인에게 가서 취재하기는 싫고, 취재하다보면 실망할 수도 있겠고. 그런데다 논픽션을 쓰다보니 재미가 없어 못 쓰겠더라고요. 그래서 내가 내 상상력을 보태서 만드니까 내가 이해한 그 사람의 모습이 더 실감나게 표현되는 거예요. 그 사람이 진짜 살아온 행적으로부터 자유로워져서 내 맘대로 쓰기 시작하니까 더 잘 써지더라고요. 당시 『신동아』 마감이 5월이고 『여성동아』는 7월이었는데, 처음에는 논픽션을 써서 『신동아』에 내려고 했던 게 중간에 계획이 바뀐 셈이죠. 소설이라는 게 뭐예요. 허가 많은 거짓말 아닌가요? 경험의 일부도 도입하지만 거기다 상상력을 보탬으로써 내가 이해한 박수근에 더 가까워지고, 그래서 소설이 된 거지요.

『나목』 쓰시기 전까지 혹시 일기 같은 걸 쓰시거나 당시의 일을 따로 기록해오시진 않으셨나요?

ㅂ　전혀 그러지 않았어요.

꺾인 붓을 다시 잡다

선생님께서는 어떤 의미에서 경험을 가지고 소설을 쓰신 마지막 세대라고 할 수도 있을 텐데, 최근 젊은 작가들은 이런저런 미디어를 통해 받아들인 간접적이고 상상적인 체험에 더 익숙한 세대인 것 같아요. 젊은 작가들의 작품들을 자주 읽으시는 편인가요? 젊은 작가들의 작품들을 좀 낯설거나 불편하게 느끼신 적은 없으세요?

ㅂ 젊은 작가들의 작품들을 좋아하죠. 그래도 사십대까지는 이해하겠는데, 너무 젊은 작가들은 뜻을 잘 몰라서, 뭘 이야기하려고 하는 건지 이해가 안 되는 부분이 많더라고요. 젊은 작가들도 알아듣게 쓰면 고맙죠. 나도 후배들하고 단절이 되는 건 바라진 않아요.

특히 좋아하는 작가가 있으세요?

ㅂ 뭐, 그냥…… 내가 좋아하는 작가는 다들 잘 쓰는 것 같아요. (웃음)

선생님의 작품들은 굉장히 속도감 있게 읽히고 이야기도 시원시원하게 전개되어서, 읽다보면 한자리에서 거침없이 쓰신 것 같다는 생각이 들고 퇴고도 별로 안 하실 것 같은데, 글 쓰시는 스타일은 어떠세요?

ㅂ 머릿속에서 궁굴리는 시간은 무척 오래 걸리지만, 그렇게 다 해 놓고 나면 쉽게 써지지요.

주로 새벽에 많이 쓰시는 편이세요?

ㅂ 그렇죠.

『저문 날의 삽화』 이후에 선생님의 작품세계가 많이 달라지는 편인데, 젊으셨을 적 작품이랑 나이드셔서 쓰신 작품들 중 어느 쪽을 더 좋아하시는 편이세요? 선생님의 작품들 중에서 특히 애착이 가는 작품은요?

ㅂ 『나목』을 첫애 같은 느낌이라서 좋아해요. 사람이 나이 사십 정도 살면 새로운 변신을 하기가 쉽지 않잖아요. 『나목』을 계기로 자연스러운 변신이 가능했죠. 『미망』 같은 작품도 좋아하지요. 내가 갈 수 없는 고향땅을 발로 더듬는다기보다 애정으로 더듬어가면서 쓴 작품인데, 개성적인 기질 같은 것은 너무 많이 미화도 시켰지만 미처 쓰지 못한 것도 많아요. 사실은 더 길게 쓰려고 계획했던 건데, 작품을 쓰는 도중 아들을 잃는 고통을 겪고, 그 때문에 외국에도 나가 있었고, 중단하려고 했다가 완성을 한 게 나로서는 대견하기도 하죠.

구원과 위안의 힘

전 개인적으로 선생님께서 나이드셔서 쓰신 작품들을 더 좋아하고 그 중에서도 『친절한 복희씨』에 실린 작품들을 너무 좋아해요. 나이드셔서 쓰신 작품들 중 「환각의 나비」나 「후남아, 밥 먹어라」 같은 작품들을 보면 이기적인 욕망들로 들끓는 삶에 대한 극심한 피로감을 호소하는 여주인공과 치매에 걸린 어머니가 등장하는데, 여주인공들은 치매에 걸린 어머니가 보여주는 한없이 품어 안는 어미로서의 모성, 혹은 실종된 어머니가 찾은 그지없는 평온의 세계를 통해 삶의 위로를 얻고 어떤 구원 같은 감정을 경험하게 되지요. 선생님께서 문학을 통해 추구해오신 삶의 궁극적인 의미, 혹은 독자들이 선생님의 작품을 통해 얻어갔으면 하는 삶의 구원 같은 게 있다면 들려주세요. 지금까지 선생님의 작품들을 끌고 온 힘은 뭘까요?

ㅂ　내 경험으로 문학은 우리가 가장 고통스러울 때 위안이 되고 힘이 돼주는 것이 아닌가 싶어요. 아주 어려운 지경에 빠졌을 때도 활자만 보면 위안을 얻곤 했죠. 책하고 완전히 격리된 생활을 한 적도 있는데 그땐 너무 고통스러웠어요. 내 문학도 남에게 그런 것이었으면 좋겠어요. 잘사는 사람에게도 위안이 필요하지요. 소위 팔자 좋게 잘사는 생활의 답답함이 있잖아요. 고통에만 위안이 필요한 게 아니라 안일해서 무기력해져버린 삶에도 위안이 필요하죠. 내가 쓴 게 남하고 만나져서 위안이 되고 힘이 되

고…… 꼭 문학작품이 아니어도 내 어렸을 때 들은 옛이야기들이 농촌의 폐쇄된 생활 속에서 얼마나 위안이 되고 상상력의 근원이 되었는지 몰라요. '궁극적으로 인간을 구원하는 건 여성적이고 모성적인 것이다'라는 얘기가 있는데, 내가 들었던 엄마의 이야기도 그런 게 아닐까 싶어요.

말씀을 듣다보니 곤궁하던 어린 시절 삯바느질을 하는 어머니께 들었던 이야기들을 통해 삶의 위안을 얻고 풍요로운 미지의 세상과 만나고 했던 것이 선생님께 캄캄한 밤을 밝혀주는 환한 등불 같은 역할을 한 것이 아닌가 싶네요.

ㅂ 「석양을 등에 지고 그림자를 밟다」에도 썼는데, 내가 시골에서는 아주 똑똑하다는 소릴 들었는데 서울 와서는 공부도 못하고 옷도 다른 아이들에 비해 남루하게 입고 그랬는데도, 누구한테 이지메를 당하거나 했던 기억은 없고 나름대로 당당했던 것 같아요. 그런 것들 때문에 불행감을 느끼지 않았던 것도 난 그애들보다 잘났다고 생각할 수 있는 뭔가가 내 안에 있었기 때문인 것 같아요. 그애들보다 공부는 못했어도 마음속에 뭔가 성숙한 걸 가질 수 있었던 것도, 내 속에 이런저런 잡다한 지식이 많아서 그랬던 게 아닌가 싶어요.

선생님께선 어느 책의 서문에서 나한테 위로가 됐던 게 다른 사람에게도 위로가 됐으면 좋겠다고 쓰셨는데, 선생님이 저희 곁에 계신 것만으로도 한국문학과 저 같은 독자들에게 얼마나 큰 위로와 축복인지 모르겠다는 생각이 듭니다. 오랜 시간 좋은 얘기 많이 들려주셔서 정말 고맙습니다.

『문학의문학』 2010년 봄호

5주기에 부쳐

당신은 참 아직도 여전히 예쁘세요

이병률
시인

1.

참 이상하지요. 오래된 것 같은데도 여전하신 걸 보면. 당신의 존재가 이렇게 가까이 살아 있어 만져지는 걸 보면요.

참 이상합니다. 시간은 이토록 빨리만 흐르는데 선생님은 늘 거기 계신 걸 보면요.

하지만 여전히 여전한 것은 당신은 자유로이 떠났다는 것이고 그럼에도 이토록 옆에 있는 분처럼 느껴지는 건 당신이 정신은 두고 생급스러이 가셔서겠지요. "아휴, 내 정신 좀 봐. 내가 정신을 놓고 왔나보다" 하고 자주도 말씀하셨으니 그 정신을 잠시 우리 옆에 놔두고 가신 것뿐입니다.

이 좋은 바람은 어디서 불어오는 건지요.

사느라고 사는 건 아닌데 시간의 밀도가, 어느 순간 꼭 꺼내보게 되는 지난날들이 저를 자꾸 앞으로 밀어줍니다. 그래서 가야 하는 곳도, 마땅히 당도해야 할 곳도 없는데 말입니다. 그럴 때마다 당신의 기억이 골고루 스며 있다는 사실을 애써 무심히 지나쳐야 하는 거겠지요. 행복한 순간이었으되 지난 일이 되었으니 차마 쓸쓸합니다. 그러니 홀연히 떠난 당신을 두고 당신답지 않다고 원망을 하는 것도 맞지는 않겠습니다. 아름다운 사람이 풍경을 만들고 아름다운 사람이 이야기를 만들고 아름다운 사람이 급히 사라지지요.

당신과 통화로 꽃 피고 지는 이야기, 그 저녁 햇살 이야기, 어느 먼 나라의 여행지 이야기를 나누다 인터넷으로 사진들을 찾아 메일로 보내드리면 다음번 통화에서 그러셨어요.

"안 가도 될 것 같아. 가면 사진처럼 이렇게 아름다울까. 난 여기는 안 갈래."

물론 저도 당신 말씀처럼 그곳에는 가지 않았습니다. 가지 않은 곳이어서 파문으로 남을 테니까요. 선생님은 〈세계테마기행〉이라는 텔레비전 프로그램도 좋아하셨습니다. 이번주에는 누가, 어디를 갔어요? 하고 여쭈면 누구를 아느냐고, 그곳을 가봤느냐고 꼭 물으셨어요. 그러던 끝에 몇 군데는 함께 다녀오기도 하였고 그리고 몇 군데 가기로 한 곳은 아직 남아 있지만요.

아침나절 마당에 나가 잡초들을 뽑으셨는지 가끔 선생님 손톱 끝은 흙이 맺혀 있었어요. 난 그게 좋아서 그걸 오래 쳐다보았는데 그걸 당신은 싫어하셨어요. 당신의 작은 손을 보면서 난 늘 나의 노년을 건너다보게도 되었지요. 그후로 어느 때부턴 마당 있는 집에서 손을 훼손하며 사는 삶을 그리워하게도 되었습니다.

살구나무에서 살구 따서 잼 만들어두었다고 가져가라 하실 때도,

"내가 다른 건 다 해도 빵 만드는 재주가 없어서……"라시며 잼만 건네는 걸 미안해하시면 제가 싱겁게 그랬었지요. "선생님, 요즘은 온 동네방네 천지가 다 빵집이에요." 당신 집에서 식사를 하면서 걸신들린 사람처럼 먹는 모습 보여드리면 반찬통 하나 들고 옆에 서서 "뭐 담아줄까?" 그러셨어요. 선생님 댁에서 식사를 했다는 얘길 하면 사람들은, 특히 독자들이나 글쓰는 친구들은 "무슨 찬으로 밥을 먹었어요?" 물으며 선생님의 살림 솜씨를 부러워하려는 듯 달려들었습니다. 선생님의 글을 좋아하는 사람일수록 궁금함이 더했습니다. 선생님의 안쪽이 더 궁금해서 그랬을 겁니다. 저라고 달랐을까요. 저는 당신의 안쪽을 많이 보았을까요.

2.

제가 어딘가를 다녀왔노라고 말씀드리면 "언제 와서 이야기 들려줄래?" 하시며 그러지 않던 분이 서두르셨어요. 당신을 만나러 가는 길은 당신을 만나는 일임과 동시에 당신의 마당을 만나는 일이었습니다. 당신을 만나러 가면서 당신 집 마당을 거칠 때마다 마당의 찬란함이 저를 방역해주었다고나 할까요. 드문드문 방문하곤 하는 선생님의 아치울 집은 아직도 똑같습니다. 선생님이 쓰시던 물건들의 위치와 배치와 온기마저도 당신의 훌륭한 따님들이 지키고 있는 그대로이고, 마당에 때를 바꾸면서 피어나는 꽃들의 순서까지도 그대로인데 선생님만 없어요. 당신이 집 앞 개울가의 물소리를 들으며 썼던 '그 물소리는 마치 다 지나간다, 모든 건 다 지나가게 돼 있다, 라고 속삭이는 것처럼 들린다'는 당신 소설의 어떤 문장처럼 다 지나가고 만 것인지요.

당신과 함께 임진강변에 서 있을 때였습니다. 어쩌면 저 너머 어딘가가 개풍이었을 방향을 바라보시는 당신께 여쭈었지요. “북쪽을 생각하면 어머니가 많이 생각나세요, 아님 아버지가 많이 생각나세요?”라구요. 물음이야 바보 같았지만 당신이 한없이 가라앉는 것 같아 내처 여쭤본 거였습니다. “지금 나 인터뷰해요?”라고 경쾌히 받으시더니 말씀하셨지요. 아버지하고의 인연은 짧아서 자주 생각하고, 어머니하고의 인연은 강력해서 많이 생각하신다구요. 당신이 네 살 되던 해 당신의 아버지가 돌아가시자 자식들을 좀더 나은 환경에서 키우고 싶어 사 년 뒤 서울행을 감행하셨던 강인하고 현명한 당신 어머니…… 그리고 그녀를 꼭 닮은 당신. ‘저렇게 가까운 데를 못 간다는 걸 믿을 수가 없네요(단편 「저녁의 해후」 중에서)’라는 말이 퍼져 들리는 듯 그 초여름의 임진강변으로 낮게 새들이 날았습니다. 돌아오는 길, 막히는 길 내내 아무 말씀이 없으셨습니다.

천호동에 갔을 때도 기억이 납니다. 불쑥 선생님은 천호동을 잘 아느냐 하셨고 저는 하나도 모른다 하고 무작정 그곳으로 저녁식사를 하러 갔습니다. 자연스레 정갈한 식당이면 좋았겠지만 저는 시장 한복판에 돼지머리들을 올려놓고 파는 곳에서 선생님과 일잔을 하고 싶다며 앉았습니다. 옆자리에는 조금은 남루하고 많게는 곤해 보이는 사내들이 앉아 돼지머리 자른 것을 앞에 두고 소주를 마시고 있었습니다. 아까부터 우리 두 사람을 쳐다본 것 같았던 옆의 사내가 대뜸 나에게 말했습니다. 왜 어머니를 좋은 데 모시고 가야지, 이런 델 모시고 왔냐구요. 제가 뭐라 말하려 하자 당신이 저를 툭 치셨습니다. 내가 가고 싶다고 해서 왔는데 구경할 게 많네요, 라고 하시면서요. 당신과 나는 그 사내 옆에 모자

지간인 척 앉아서 소주 한 병을 시키고 요리 한 접시를 시켰어요. 그 사람이 우리를 편하게 생각했는지 자기 이야기를 풀어놓기 시작했었지요. 이야기에 대한 별 인상은 없지만 한 공간 안에 놓인 사람들끼리 일체감을 느끼기에 충분했던 천막 아래였습니다. 자리에서 일어나면서 선생님은 '잘 속여먹었다'라고 우리 사이를 곧이곧대로 믿게끔 한 걸 즐거워하시며 그 신명으로 시장을 돌고 돌았지요. 저는 방금 그 자리가 소설 같다고 떠들어댔습니다. 말할 때마다 입김이 부대끼곤 했었으니까 추울 때였어요, 그땐. 그 공기, 그 바람, 그 입김이 담긴 이야기를 써주시지 그러셨어요. 아직도 여전히 더 쓰셔도 되는 분인데 당최 책상 앞에 앉지를 않으시는 모양입니다.

택배 때문에 혼자 사는 자유를 빼앗겼다는 말씀도 하셨지요. "무턱대고 어디 있느냐 묻고, 언제 들어오느냐 묻지를 않나. 그게 생판 모르는 사람이 나한테 물을 말이에요?" 맞아요. 낯선 이들의 전화와 집 안의 고요를 파고드는 초인종 소리. 우체부는 하루 동안 정해진 비슷한 시간에 한 번 올까 말까 하지만 택배 기사는 하루에 여러 번 아무때나 온다고 하셨어요. 맞습니다. 우리가 기다리는 것만큼만 오면 좋으련만 그 이상이 오거나 그 이하가 배달되어 날라져 옵니다. 누구나 자신의 성城을 어떤 식으로든 가지고 지키고 있을 것이지만 당신 집은 당신이 내린 엄청난 뿌리로 집과 가족 전체를 감싸 지키고 있는 모양새지요. 당신 어머니가 그랬던 것처럼 당신 역시도 그러했을, 가족을 지키겠다는 경이로운 힘으로 지은 집이지요. 당신의 요새에 지금도 택배가 도착한다면 해로운 방해라 여기지 마시고 세상이 선생님 잘 계시나 안부 묻는 정도로 여기세요.

그래요. 선생님한테는 사늘함이 있어요. 서늘한데 따뜻한. 따뜻한 것은 오래 남는 모양새라서 알겠는데 그 따뜻한 사늘함은 유리병에 저장된 채로 진하고 또 진해요. 그 병을 들이켜면 속이 후련해지는 것이죠. 그것이 아직도 우리가 당신 소설을 읽는 이유이며, 아직 우리 옆에 당신이 있다는 증거입니다. 맞아요. 건배를 할 때마다 매번 그러셨어요. "행복하자!" 사늘한 말투였어요. 그럴 때마다 행복의 감각은 폐부를 휘감았더랬습니다. 자신을 찌르지 않으면 무엇도 자기 것이 될 수 없을 것입니다.

누군가가 나를 바라보고 있다고 생각하고 산 지 오래되었습니다. 이제는 언제인가부터는 그 사람이 선생님입니다. 저를 바라보고 계신다 생각하고 살면 나의 태도에도 나의 정신에도 좋은 빛이 비치는 것만 같습니다. 독하고 쓰리게 기억할라구요. 얼얼하게 남겨둘라구요. '뭐든지 꿈꾸는 대로 이루어지는 건 꿈속과 다를 바 없(단편 「마른 꽃」 중에서)'다 하셨으니 그리하려구요.

이 좋은, 따뜻한 바람은 어디서 불어오는 걸까요.

당신 마음에는 계획을 세워두지 않았던 이별이어서 저의 뒤끝은 거뜬하지 않지만 당신을 알면서 지내는 동안 나에게 내내 드리워졌던 그 이상한 기둥 같기도 하며 검부러기 같기도 하며, 그물 같기도 한 그걸, 잘 붙들고 잘 덮고 살아갈게요.

꽃은 몇 번 사드린 적 있지만 이 말을 한 적은 한 번도 없어서, 그래서 이제야 합니다.

"당신은 여전히 참 예뻐요."

그럼 우리 언제 만날까요. 여행중에 산 선물을 드리고 싶어요. 선생님, 그날은 꼭 좋은 얼굴로 나오셔야 합니다.

1931년 10월 20일 경기도 개풍군 청교면 묵송리 박적골에서 출생. 아버지 박영노朴泳魯, 어머니 홍기숙洪己宿. 열 살 위인 오빠 있음.

1934년 아버지 별세. 어머니는 오빠만 데리고 서울로 떠남. 조부모와 숙부모 밑에서 어린 시절을 보냄.

1938년 서울로 와서 살게 됨. 매동국민학교 입학.

1944년 숙명여고 입학.

1945년 소개령疎開令이 내려져 개성으로 이사, 호수돈여고로 전학. 고향에서 해방을 맞음. 서울로 와 학교를 계속 다님. 여중 5학년 때 담임을 맡은 소설가 박노갑 선생에게서 많은 영향을 받음.

1950년 서울대학교 문리대 국문과 입학. 6월 초순에 입학식이 있어서 학교를 다닌 기간은 며칠 되지 않음. 전쟁으로 오빠와 숙부가 죽고 대가족의 생계를 책임지게 됨. 미군 부대에 취직, 미8군 PX(동화백화점, 지금의 신세계백화점 자리)의 초상화부에 근무. 거기서 박수근 화백을 알게 됨.

1953년 호영진扈榮鎭과 결혼, 이후 4녀 1남의 자녀를 둠(1954년 원숙, 1955년 원순, 1958년 원경, 1960년 원균, 1963년 원태).

1970년 「나목」으로 『여성동아』 여류장편소설 공모에 당선.

1975년 「도시의 흉년」을 『문학사상』에 연재.

1976년 첫 창작집 『부끄러움을 가르칩니다』(일지사) 출간. 『휘청거리는 오후』를 동아일보에 연재.

1977년 남편의 옥바라지 체험을 바탕으로 전해에 발표했던 단편소설 「조그만 체험기」에 얽힌 기사가 일간지에 실렸는데, 개인의 명예를 생각하지 않고 검찰측의 입장만 밝혀서 문제가 됨. 『휘청거리는 오후』(창작과비평사, 전2권), 중편집 『창밖은 봄』(열화당), 산문집 『꼴찌에게 보내는 갈채』(평민사), 『혼자 부르는 합창』(진문출판사) 출간.

1978년 창작집 『배반의 여름』(창작과비평사), 장편소설 『목마른 계절』(원제 『한발기』, 수문서관), 산문집 『여자와 남자가 있는 풍경』(한길사) 출간.

1979년 장편소설 『도시의 흉년』(문학사상사, 전3권), 장편소설 『욕망의 응달』(수문서관. 이 책은 1985년 같은 출판사에서 『인간의 꽃』으로, 1989년 원제대로 우리문학사에서 재출간), 창작동화 『달걀은 달걀로 갚으렴』 출간(샘터, 『마지막 임금님』으로 재출간).

1980년 단편소설 「그 가을의 사흘 동안」으로 한국문학작가상 수상. 전해부터 동아일보에 연재했던 『살아 있는 날의 시작』(전예원) 출간. 「오만과 몽상」을 『한국문학』에 연재.

1981년 단편소설 「엄마의 말뚝 2」로 제5회 이상문학상 수상. 제5회 이상문학상 수상작품집 『엄마의 말뚝 2』 출간. 소설집 『도둑맞은 가난』(민음사, 「나목」이 재수록되어 있음) 출간. 20년간 살던 보문동 한옥을 떠나 강남의 아파트로 이사.

1982년 10월, 11월 문공부 주최 문인해외연수에 참가하여 유럽과 인도를 다녀옴. 단편집 『엄마의 말뚝』(일월서각), 장편소설 『오만과 몽상』(한국문학사, 1985년 고려원에서 재출간), 산문집 『살아 있는 날의 소망』(학원사) 출간. 「그해 겨울은 따뜻했네」를 한국일보에 연재.

1984년 7월 1일 영세 받음. 풍자소설집 『서울 사람들』(글수레) 출간.

1985년 '일본 국제기금재단'의 초청으로 일본을 여행함. 장편소설 『서 있는 여자』(학원사, 『떠도는 결혼』과 동일 작품), 작품 선집 『그 가을의 사흘 동안』(나남) 출간.

1986년 산문집 『서 있는 여자의 갈등』(나남), 창작집 『꽃을 찾아서』(창작사, 1982년에서 1986년 사이에 창작한 중 · 단편을 수록) 출간.

1988년 남편과 아들을 연이어 잃음. 서울을 떠나는 일이 많아짐. 미국 여행을 다녀옴. 『문학사상』에 연재하던 「미망」을 10월부터 다음해 6월까지 쉼.

1989년 「그대 아직도 꿈꾸고 있는가」를 여성신문에 연재. 장편소설 『그대 아직도 꿈꾸고 있는가』(삼진기획) 출간.

1990년 『미망』(문학사상사, 전3권) 출간. 이 작품으로 대한민국문학상 우수상을 수상. 산문집 『나는 왜 작은 일에만 분개하는가』(햇빛출판사) 출간. 『그대 아직도 꿈꾸고 있는가』의 성공으로 출판사 주최 성지순례 해외여행을 다녀옴.

1991년 회갑 기념 소설집 『저문 날의 삽화』(문학과지성사), 콩트집 『나의 아름다운 이웃』(작가정신) 출간. 장편소설 『미망』으로 제3회 이산문학상 수상.

1992년 장편소설 『그 많던 싱아는 누가 다 먹었을까』(웅진출판사), 『박완서 문학앨범』(웅진출판사) 출간.

1993년 단편소설 「꿈꾸는 인큐베이터」(『현대문학』 1월호)로 제38회 현대문학상 수상. 제38회 현대문학상 수상작품집 『꿈꾸는 인큐베이터』(현대문학) 출간. 제19회 중앙문화대상(예술 부문) 수상. 장편소설 『휘청거리는 오후』를 제1권으로 『박완서 소설 전집』(세계사) 출간 시작. 소설 전집 제2·3·4·5권으로 장편소설 『도시의 흉년』(상·하), 『살아 있는 날의 시작』 『욕망의 응달』 출간.

1994년 단편소설 「나의 가장 나종 지니인 것」(『상상』 창간호, 1993)으로 제25회 동인문학상 수상. 제25회 동인문학상 수상작품집 『나의 가장 나종 지니인 것』(조선일보사), 창작집 『한 말씀만 하소서』(솔), 창작동화 『부숭이의 땅힘』(한양출판사), 소설 전집 제6·7·8·9권으로 장편소설 『목마른 계절』, 소설집 『엄마의 말뚝』, 장편소설 『오만과 몽상』 『그해 겨울은 따뜻했네』 출간.

1995년 장편소설 『그 산이 정말 거기 있었을까』(웅진출판사), 산문집 『한 길 사람 속』(작가정신) 출간. 단편소설 「환각의 나비」(『문학동네』 봄호)로 제1회 한무숙문학상 수상. 소설 전집 제10·11권으로 장편소설 『나목』 『서 있는 여자』 출간.

1996년 소설 전집 제12·13권으로 장편소설 『미망』(상·하) 출간.

1997년 티베트·네팔 여행기 『모독冒瀆』(학고재), 동화집 『속삭임』(샘터) 출간. 장편소설 『그 산이 정말 거기 있었을까』로 제5회 대산문학상 수상.

1998년 산문집 『어른 노릇 사람 노릇』(작가정신) 출간. 보관문화훈장(문화관광부) 받음. 소설집 『너무도 쓸쓸한 당신』(창작과비평사) 출간.

1999년 묵상집 『님이여, 그 숲을 떠나지 마오』(여백) 출간. 『너무도 쓸쓸한 당신』으로 제14회 만해문학상 수상. 『박완서 단편소설 전집』(문학동네, 전5권) 출간.

2000년 장편소설 『아주 오래된 농담』(실천문학사) 출간. 제14회 인촌상 수상.

2001년 단편소설 「그리움을 위하여」로 제1회 황순원문학상 수상.

2002년 산문집 『두부』(창비) 출간.

2004년 장편소설 『그 남자네 집』(현대문학) 출간.

2005년 기행산문집 『잃어버린 여행가방』(실천문학사) 출간.

2006년 『박완서 단편소설 전집』 개정판(문학동네, 전6권) 출간. 서울대학교 명예문학박사학위 수여. 제16회 호암상 예술상 수상.

2007년 산문집 『호미』(열림원), 소설집 『친절한 복희씨』(문학과지성사) 출간.

2009년 이야기 모음집 『세 가지 소원』(마음산책), 창작동화 『이 세상에 태어나길 참 잘했다』(어린이작가정신) 출간. 『문학동네』 가을호에 단편소설 「빨갱이 바이러스」 발표.

2010년 산문집 『못 가본 길이 더 아름답다』(현대문학) 출간.

2011년 1월 22일, 담낭암 투병중 향년 81세를 일기로 별세. 1월 24일, 정부로부터 '금관문화훈장'을 추서 받았다.

2012년 산문집 『세상에 예쁜 것』(마음산책), 소설집 『기나긴 하루』(문학동네) 출간.

2013년 『박완서 단편소설 전집』 개정판(문학동네, 전7권) 출간. 짧은 소설집 『노란집』(열림원) 출간.

2014년 티베트·네팔 여행기 『모독』, 산문집 『호미』 개정판(열림원) 출간.

2015년 『박완서 산문 전집』(문학동네, 전7권), 창작동화 『7년 동안의 잠』 『이 세상에서 가장 예쁜 못난이』(어린이작가정신), 『손』(현북스) 출간.

우리가 참 아끼던 사람
소 설 가 박 완 서 대 담 집

1판 1쇄 발행 2016년 1월 22일
1판 5쇄 발행 2021년 1월 4일

엮은이 호원숙

편집 이희숙 박선주
모니터링 이희연
디자인 최윤미
제작 강신은 김동욱 임현식
마케팅 백윤진 이지민
홍보 김희숙 김상만 함유지 김현지 이소정 이미희

펴낸이 이병률
펴낸곳 달 출판사
출판등록 2009년 5월 26일 제406-2009-000034호
주소 10881 경기도 파주시 회동길 455-3
전자우편 dal@munhak.com
페이스북 /dalpublishers
트위터 @dalpublishers
인스타그램 dalpublishers
전화번호 031-8071-8682(편집) 031-8071-8671(마케팅)
팩스 031-8071-8672

ISBN 979-11-5816-022-7 03810